U0022612

野先驅

陸詩叢 第貳輯

楊小濱 茱萸 主編

曹僧 —— 著

Selected
Poems
of
Cao Seng

曹僧詩選

2017—2021

青年之著陸
——「陸詩叢」總序

文｜茱萸

在此呈現的是「陸詩叢」，每輯由六冊詩集構成。第一輯的六冊詩集已於2019年問世，如今時隔數年，迎來了第二輯。接下來，還應該會有第三輯、第四輯、第五輯……在最初，我們規劃並期望，「陸詩叢」能夠持續不斷地將更多獨到的文本和獨特的詩人介紹給讀者，如今到來的第二輯，正是這種「規劃並期望」得以踐行的標誌，又一個新的開端。

揆諸現代漢詩的歷史，我們深知，基於「嘗試」的「開端」何其重要。而在該文體百年以來的發展進程中，「青年」始終扮演著至關重要的角色，現代漢詩的事業亦總是與「青年」相關——無論筆路藍縷的「白話詩」草創者，還是熔鑄中西的「現代派」名家，抑或洋溢著激情的「左翼」詩人，乃至兼收並蓄的「西南聯大詩人群」，都在他們最富創造力的青年時期，開始醞釀甚至開始成就他們代表性的作品。肇始於1970年代末的大陸「先鋒詩」，亦發端於彼時仍是青年的「今天派」諸子對陳腐文學樣式的自覺反叛。這是文學場域仍舊富有生命力的象徵。此後的四十年間，在漢語世界，借助刊物、社團、高校、網路等媒介平臺，這個場域源源不斷地孕育出鮮活的寫作群體與個人。

作為此一脈絡的最新延展，出生於1990年代、成長並生活於中國大陸而又不乏遊歷世界之機遇與放眼寰宇之眼光的年青詩人們，在本

世紀首個十年的後半期，開始呈現出集體湧現之勢。轉眼間已有十餘年的積澱，先後誕生了一批富有實驗精神的創作者。出現在本輯的六位「青年」，甜河、更杳、周欣祺、炎石、王徹之、曹僧，以及上一輯的秦三澍、薤弦、蘇畫天、砂丁、李海鵬、穎川，即處於此一世代最具代表性的序列。

這些年青的詩人，已在中國大陸、臺灣或者英倫、法國等地的知名院校完成了不同階段的學業，經歷過漫長的「學徒期」，擁有多年的「寫作史」，並已積攢了數量可觀的作品，形成了頗具辨識度的寫作風格。同時，他們亦獲得過不少權威的獎項，並在詩歌翻譯、文學批評或學術研究等相關領域開始嶄露頭角。他們是一批文學天賦與學術素養俱佳、極富潛力的青年詩人。

憑藉各自的寫作，他們已在同輩詩人中占據了較為重要的位置，經常受到大量詩人同行的認可，並擁有了一定的讀者規模——然而，由於機緣未到，在兩岸四地，他們並沒有太多使自己作品得以結集的機會。所以，本次出版的這批詩集，對作者們來說，具有不同尋常的意義。大家的關注和閱讀，更將是他們未來所能睹見的漫長寫作生涯中的第一個重要時刻。

這些詩，以及它們的作者，對臺灣的讀者來說，肯定還非常陌生。他們來自大陸，得以湊成第一輯的作者數量又恰好是六（陸），於是，我們乾脆將之定名為「陸詩叢」，並沿用了下來。他們平均在三十歲上下的年紀，是十足的「青年」，在大陸，則通常被冠以「90後」的名目。但這種基於生理年齡的劃分，目前看來並沒有詩學方面明顯的特徵或脈絡，能夠使他們足以和前幾個世代的詩人構成本質的區別。因此，毋寧從詩人的「出身」及「數量」兩方面「就地取材」，以之作為本詩叢命名的便宜行事。

機緣巧合，第一輯作者的社會身分背景與寫作背景較為相似（這

種情況在第二輯中已經有所改變），但並不意味著詩叢編選者的趣味
將要限制於特定的群體。相反，正由於此番前因，我們遂生出持續編
選此詩叢的設想，擬遵循高標準、多元化原則，廣泛地選擇不同背景
與風格的作者，陸續推介中國大陸更年輕世代（繼「今天派」、「第
三代」、「九十年代詩歌」、「70後」、「80後」等之後）的詩人及
其寫作實績，以增進瞭解，同時促進兩岸的文學交流。但詩叢之名目
既定，以後所增各輯，每輯僅收入六位作者、六冊詩集，以為傳統。

　　每輯的六冊詩集內，除詩作之外，另收錄有每位作者的詳細介
紹，或更有自作序跋文字、作者訪談以及他人撰寫的針對他們作品的
分析文章，出於體例考慮，此處便不再對他們進行一一的介紹和評
論。我願意將本次「結集」的「集結」，視為六位中國大陸青年的詩
之翅翼在初翔後的再一次著陸。

2019年3月21日初撰

2023年5月第二輯出版前夕修訂、增補

野先驅：曹僧詩選

目次

輯二｜野先驅

輯三｜字典詩

輯五｜列傳

輯六｜遛彎派

輯七│未來饞

後花園

溮水大橋

不能創造的黃昏
柴油船劃開萬水千山之吻
陽光盈滿而凝淨
相對和相似厭昧於遠忽

還沒有照舊的陰濕的霧水
新一天的積塵還不會揚起
空詞彙等待投餵

事件帶來事件瑰麗的邊緣
身狗掙脫主意羈索而求索
緩綠迎面如蝸牛
撞向偏見裏身而腳板心兒震

但嘶鳴去哪兒了
一個火光追蹓黑渦的時刻
一個棄絕如煙的時刻
一個不能創造出的時刻

為何黃昏逝落歸鳥
為何故我與今我彼此相恨
為何生命不能以生命自身躍穿

2017.1.13
2022.11.8，改

相似性

就像她也認出了警惕的人，
沒有交流。脫去羽絨衣，
前半段的燈全都熄滅。
外殼上標記著遙遠的丹東，
上世紀的聲談論起火車。
可能比我們的出生還早，
上不來的過去人從車窗爬。
窗戶紛紛陌生地開闔，
悶熱空氣有了輕微移動，
她只能往座位下安頓行李。
就在左手邊，隔著過道。
頂燈又接著暗掉幾盞，
我假裝，而她似乎發現。
我不動聲色，她就像她，
停在動作裡。陳年的污漬
擦不掉，腰陷進靠背。
我們都是車站湧來的浪。
沒有誰想要打破這默契，
窗外有黑影在貼著飛。

2017.1.21

春分

春水潤塌堤土，風飽衣帽，
輕挪又回身，清濁濕你癢腳。
漂旋的細葦遲疑，復軟朽，
橫渡也好，魚肚也好。

坐覆盆，做我紫甜的覆盆子，
靈啼撥亂序，游神步洶草。
來，引你歸家采杜鵑，
分母螺中不再迢遞的那一笑。

鼎食叢林之火，滾燙的情畫。

跳舞是春鼠，咬地耳朵是
我分母林不願通分的那一繞。
來呀來，指縫間洗淨沙，
新莢點檢碧藏，浮光之渺。

揉燃素，落透紅的桃膠。
看誰，在剝黑筍褶節節高？
落逸力的圈套，算你我，
善解溫吞細暗的小絨毛？

2017.3.21
2018.6.2，改

縣道

去野外，去被萬物注目
而又無證據的地方。
陰沉而明淨，古舊又新馬路。
青草透露土生木的五行黃，
該如何稱呼江浦？
來自海的開闊的漫延，
來自迭滾如白鰭的潮的網罟。
樹，仰望抬高人和道路，
神的高大傢俱的一種，
擺脫經驗之林的術。
榆錢千萬鈸，綠色葬禮
只有用骨聽的人才允邀入。
分不清岸是鹹，或淡。
騎車去袁花鎮，去花的沿途，
受難於未預料的未來之愛。

2017.3.22
2022.1.3，改

破碎之花

慘遭鞭撻的國度在陰沉天蘇醒，
霧，席捲著深海翻湧而出的嘔吐。
我們的叢林，我們的林中歧路。
咀嚼痛苦含片的鴿子，輕輕撥動
不該再多一分否定的寂寂枯枝。
在時光的迷宮中，加速更多挫敗，
這黑色詛咒甚於騎手一生所受。
沒有一次美，不刻骨而又無目的
又久長地傷害。為衰頹吟嘆吧。
關於洗滌的教諭無能於片片濘泥，
飲水的神話也失信於臨水自照。
想時是無窮盡，觀看時是測不准。
多令人懊悔，令人惶懼，我那
污濁的心中卻居住著一潔淨的你。

2017.3.23
2022.3.16，改

家園

和解的人回到了坡前，
眾樹重新帶回時間。
從乍停的碎葉楓枝上，
遞來禁忌的味道：
一次新生，牛的胎衣。
何樹旋灑五瓣的光線，
草莖串珠潔白喻言。
美是什麼就困惑什麼，
風中頂梢清脆地永動。
幾度轉身又懷抱，
已在夜棲鳥落滿前。
像雨天澈底爬出地面
尋求磨難的蚯蚓，
在深淵加劇的高度上，
默默愛慕著唯一，
一種長久使全身入迷。

2017.3.25
2017.5.20，改

火狐狸

上到公路的高坡，他摘下手套，
走上木屋去看冰川。

冰川冷硬，沒有回響。
乾癟的幾袋真空食品，
使他對著雙手哈了一大口熱氣。

換掉兄弟的藍色摩托後，
是紅色，就像火狐狸。

在窗邊，他面帶微笑飽含讚美，
甚至打算再次，跨越世紀。

黃昏變得陰沉，萬物的顏
自覺地趨於和緩，
遠處有白閃如星象的呼喚。

他迷了路。來到岔口，
又是坑窪又是煤渣，
或通往松林，或朝向陌生的姓。

車子熄火了，他嗆到劇烈咳嗽，
就是在那個時候，

灌木展現出繁花之相。
他走上前，看見
一小灘水下是無底洞。

另一雙眼在幽黑的對面企圖發現，
而企圖，使他冒出一身冷汗。

2017.4.7
2018.5.10，改

後花園

渾身掉葉子的人不再顫抖。
每片葉子上都有一台歌劇，
歌劇上有極光。

回歸到氣中去，
棍棒無法抽打的氣。

打草稿的是蘭，
結成團伙的是閑魚。
菱草澈底癱軟在水分子間，
還有迎春花，
甚至廣玉蘭的軀幹。

茭白，一種病瘤在感染。
蟒嵌於假山。

像烏鶇飛翔那樣
移步換景？不，
因景致的難度。

我所見的已被無數次見過。
唯有我是新鮮的，
是蜜語的，童話的，
是鬼門關的。

2017.4.10

仁慈上帝決定第二次使用第一推動力

在花園裡
恐怖的事情已經發生
傻子掏出打火機
點燃了棕櫚樹

棕櫚冒著煙
變成一條被點燃的黃鱔
火苗燙碎了月光光

混沌起來，乳白起來
水，正發作
在花園裡
恐怖的事情已經發生

蜜蜂去半空舞蹈
留下了蜜
和強迫症的六邊形

寸草站到石頭尖
攢了哀怨的幽暗

抱緊五個指頭
抱緊著哭泣

在花園裡
恐怖的事情已經發生
我們有全部的錄音

在錄音裡，我們聽見
只有我們自己在
不存在的花園裡
描述著不能描述的事情

2017.5.7

當雄

飛鷹在半空被借閱，
道路問橋預支舊生活。
遠處，是家園之白。
向全身衝刺的雪山，
令雙目在秩序間打滑。

山線攙扶，浮升的曦光
將暗處擦亮，冰冷的、
略顯猶豫的段落。有
精巧的鼠兔舉著莫須有，
坐立，坐立又擺首。

勇氣在唇齒須上蓄力，
風激使更多的冒險。
但何處是湖泊，隱遁的
傳說？巨冰渾如碧鋼，
封印著噓嘆的氣泡。

在湖面灼人的立體上，
必須忍耐，仇魂自裂隙
發出的戾語：躁動的
靜。等待著，在淪寂上，
雕龍技重將點燃縱焰。

2017.5.17
2022.11.9，改

寫給繆斯的景觀

還鄉還到願裡，
暮色顛簸經驗的零部件。
高大的橡樹將開口收緊。

碎石子路抹過丘陵，
如同牧人牧我上緩坡。
一片驚喜的，清綠的發現。

長新葉的油茶樹林
包圍著小樓。但低於它，
低於詞語的高度。

什麼被暗示著，
又是什麼被蠱惑著？
徘徊狗不吠叫不甩尾。

如同牧人牧我到空地。
觀看起伏像呼吸，
黃色花朵是殘留的香漬。

捉摸不定黑暗的邊界。
描述多一片方圓，
更多的樹就被更改。

2017.7.15

憶登華山

山上再山，風且味
撩心的幻景。

東峰人在翹首，
原形山在碧露的夜。

只餘起伏，只餘暗影，
下沉取消了岩石。

懸崖因古今而擁擠，
因擁擠而值一攀。

萬般等的焦心，盡
失足於不可見的標記。

停泊的是勝靜，
視界中的藍色時間。

誰會帶來日新的布告？
涼人躲入單薄的語衣。

2017.11.27

即景

乾淨的陰天，飛鳥不曾飛過，
菜園裡的枯稈也一動不動。
在潮濕的距離裡，
在某個無法索引的地方，
一定有某個點燃稻束，
用火焰溫熱油箱的人——

可是他又要開車運往哪裡呢？

那些提早在公園漫步的人
是否也會遞來想像的橡樹，
讓它們為龐大的空曠而撐起？
泉水從草地湧出，靜靜地，
山坡緩慢得令人哭泣。
面對著一面頹棄的泥牆，為何

確認的勇氣令人微顫如電擊？

2017.11.28
2020.7.25，改

燒樹

那株杉樹同林子保持了距離，
它長在地頭，在變得更大。
入夜時分，父親突然決定用火。
底部的枯枝首先被引燃，
火焰像紅色的樹蛙，往青枝上跳。
在炙烤下，飽含水分的杉針
變黃再變焦，發出輕微的嘶叫。
一棵樹有它古老的語法，
一些詞彙因奇遇而被更新，
比如鵪鶉、積雪或鋒利的閃電。
但它也可以是不受限制的，
枝條和葉子從不固定地生長，
折斷的肢體甚至在原處發出新芽：
一棵樹顯得親切又莫測。
現在，它披上了火的外衣，
渾身都參與進一片盛大的熱情。
火光如此高大，照耀我們，
連父親的身軀也顯得弱小如失控。
我感到恐怖而大叫。黑暗裡，
陡升的秩序像要把我們捲入其中。

2018.11.24
2022.1.17，改

下雪那天

那一夜的悄然中，
有無數窸窣的螞蟻。
父母難得地在懶睡，
大門還沒有打開。
房間被提前照亮，
穿綠雨靴，推上自行車，
從後門輕輕溜出去。
白色的糖粉路，
後山的白雪世界。
我的車轍歪歪扭扭，
我獨自一人卻好似避讓。
左看看右瞅瞅，
聽駿黑森林心頭的顫音，
一團團沉悶的墜落。
是從低矮的油茶林下，
鑽出眼前那一抹麻色。
它們幼小而深陷，
蹣跚像我的興奮和緊張。
我扔下車躡步近前觀看，
這大死寂中的奇跡，
可愛的野雞雛們，

一步一個腳印正橫穿馬路
去到另一片松林。
我不敢喘氣我心提起來，
就像馬路上我
刺死小學生那天一樣。

2019.5.29，為近年來多起殺害小學生事件而作

神仙

下午，我們和神仙鬥爭。
神仙在長年的水窟裡，
莫測的枯枝和水草間，
我們找他，用雙手摸索。
灌木從土岸，將小洞天
密不透光的穹頂拱起。
根部，雨水生造的小徑，
盤點看不見的細流：
匯入、打轉、再流出，
而後經溝渠分入田坳。
這是既不屬於上游，
也不屬於下游的午後。
昏聵的堤壩上，會結滿
樹萢的刺叢打斷口述。
越過泥潭、草地和牛群，
想像乾涸前充盈的水庫。
我們直起腰，擦去汗。
拿泥堵住四周，用手掌
將渾濁的窪水向外捧澆。
我們終於看見的神仙，
是彩色的、小小的，
我們用竹枝串起來烤。

2019.7.8

鬼火

說熄燈，就熄燈了。
原本越描越黑的外景
又重新洇出形來。
操場旁獨立的上吊樹、
白天時起伏的野地，
毫無疑問，我們都看見了。
漆黑的室內，我們的
通鋪連著窗外的漆黑。
誰能說清楚光從哪兒來呢？
沒有月亮也沒有星星，
也許我們的眼睛裡有光。
當我們下到沖坳又往上，
水庫那邊躍動的東西，
就時多時少地連成一排，
像昏黃的鎢絲燈泡，
但更像一團耐心的假火。
毫無疑問，我們都看見了。
我們在黑暗中爭論，
企圖將這奇觀與白天對應。

它們虛虛實實的樣子，
便也像看著我們的眼睛
和我們打著馬虎眼。

2019.10.18

憶登九華山

無非也是出一身冷汗
鑽進山林卻鮮豔

有莊嚴，有嫵媚
有陰影顧不上贏回

從歧途的精舍和茅蓬
到頭頂迷藏的半寺

從咬緊的牙關側身
到步步拉伸脈搏的霧

一次次避讓和透涼
一次次，再落後一些

上高處見一雙大腳印
空著手可去亦可不去

只有眉來眼去的青峰
看漲著人間的階級

2019.11.16，贈王子瓜、余靜如、楊菲

島

熱帶的海吹送熱風
始有熱絡的密林

霸氣的樹鋪展氣根
始有練氣功的獼猴

野路子通往野灘
始有野泳的外洋人

下放的隧道是一盤流行樂
卡在小徑當中
始有生生地研究我

我飽食無知的腹
我近視模糊的目

蝙蝠的編輯
吐蛆的絮語

蟲泄黏連在斑葉上有理
枯花安插在腥土上有理
眾木收緊如同死繭更有理

始有卡在天下間的我
是一個還是幾個
是一筆混賬

2020.1.7

通靈大峽谷

但速降總在快意中。
亂枝闊葉半遮半掩輝煌，
滴水穿石預告桃花源裡小心碰頭。
罅隙深深，水霧濛濛。
石形如迷彩閃避詞語的狙擊，
叫賣卻從谷底，移植的攤販，
不明朗地洩漏了主義。
是橫盤的流水仍在流，
是涼風的密徑打量著自信。
而偉大的過江龍含著偉大的黑棋，
偉大的深淵托起
偉大的句子瀑布般獨斷。

2020.6.3

海邊之夜

絮絮叨叨的海，
像推銷了一整天：
焦躁。空。在慣性中
厭惡著自己。沙灘，
不斷洗刷、堆積的沙灘，
在浮木和垃圾之間，
枯殼上的椰苗尤顯銳利。
一道長堤伸進去，
和水中礁比一比風波。
一部分的海，一部分的
問句。星星點點的船燈，
亮起來，在港口遠處，
和外星進行著回應。
大海浮沉，小螃蟹爬行。
防波石。眾生的夢庫。
這樣踱步，這樣比更新
稍舊，比更糟稍好。

2020.8.2

小張爬山

想必山也想白了頭
思想的濃度有些稀薄
騙你騙得累了，馬屎徒增
從朋友圈借一點贊力
冷岩與紅岩交接
你的左靴與右靴交接
原則上來說，人生而自由
卻無往不在跑路中
跑路，實是滾冬瓜上山
而冬瓜與空性自足
一聲吶喊，那山遠於那麼
一點陳雪創造條件
懶光一針見血於針葉林
滿地的苔蘚渲染遊心
上，就是讓人性再麻木些
在碎石搖亂的熊慌中
漸漸郊入雪水的發明

2020.10.19，贈ZBR

操場

水庫戰鬥，鰱魚拋售

剝殼廠的花生灰飛揚

誰來將她拯救

從書寫在大地的謠言中

寫，就是將霧一般的痛苦

揉搓成滾動的爛泥球

誰來將她證否

試卷碎如黑雪飄落

鬼火動如援軍奔襲

用她的地方想像

紅衣女鬼懸吊的梧桐

孤立像同樣的懸吊在宇穹

詩的古氣候，圓的漏氣口

周旋、周轉、周顧

她乘上低飛欲墜的風箏

她黏附慌亂失協的手腳

誰將被她拯救

在威棱包圍的節奏中

驚喜地發現恐怖的自由

2021.5.21

米林

你尋找的慰藉取決於你缺氧的臨界
你臨街的抒情敗給你沒看過的豬的散步
抬頭撞山，尷尬於撞衫
冰雪的峰尖，突兀的對白
涼是涼些，但攜有薄荷般的口爽
人往鳥有處走，將小縣城拋下像小鎮
小振枝椏驚動空山，你說的鳥
眾所周知不大於你所沒看見的鳥
亮不出名片的樹比其他更新鮮
所以反覆出現，披掛苔蘚
直到老人須上緣爛柯發覺上當受騙
走了這麼遠，原不過走回了江南？
你崩潰的閃念重拾你散布的陰雲
你氤氳的嘴臉倒映你生氣勃勃的小溪
活潑潑地，是何來的逝者剝奪你圍觀
它的工地，它向雅魯藏布的開闢

2021.5.26

憑祥

以空間換時間。山包連連
像世紀之獸鼻尖的黑頭
慢火車開，開進呼吸裡

細腰如作孽的桉它長
四下密布的甘蔗，圍觀
溽悶如胸口的大石它稱量

這節的十年，不同於
那節的綿延。漸漸罪過
漸漸，吱吱作響於騰挪

火車開，火車向陰霾開
車廂裡，左右對稱的倦困
有著不對稱的戰爭

危險你不要攀登，悔恨
你不要撞南牆。你就漸漸
漸漸地醒麼又漸漸地睡死

2021.7.2
2022.8.26，改

在海鹽

「火焰像叢林電視機」
　　——源於越戰老兵，轉引自埃德‧斯塔福德，一位荒野生存專家。

它捲起邊浪，像剛裝修
就翹起的地板；它的隨意
當然也像被舔起的巧克力
相對流淚的海應該不是
向海復仇的海應該也不是
這片海，眼前的這一灘
要對著抒情，的確有點難
水中有一條隱隱約約的線
分開更遠處，純化的海
像是綠色，又或許是藍色
三兩墨綠的海島小坐清涼
但近處並非不是值得的
所到之處。攪著泥的海水
盤算個中大陸風格的比例
零星的水葫蘆來自江水
塑料垃圾浮載著舊、暴曬
隔著一片雷達塔的陰影
都能感到太陽的若無其事

這便是我們的停留，我們
從屏幕鴉片中支走的神
看，還是那一道一道的浪
是否像極了朋友的刷新？

2021.7.19，贈肖水、張存己、王子瓜

憶登泰山

大山之一山，壓在大地
像腦蓋上隆起的大包

從車站走出，走昏了頭
以為自己就是早晨八九點

松樹略露松鼠便算勉勵
心想山顯眼於腳底山

摸著石頭過來的中天門
錯當成請下來的南天門

那來這往，把魯望齊
共和後，竟還有十八盤？

立足的雙腿不由你決定
頸項低俯，獨尊冠絕

費了老大勁才漸入佳境
又費了血汗爬上胸中塊壘

果然前，大風吹動大物
你的幻軀捲入全局而激動

2021.7.30
2022.2.24，改

小琉球

沒有橋，沒有老路
只有閱後即焚的浪就沒有線索
就沒有拾步鬼
循踩你遺憾的腳步

原則上也是順時針或逆時針
交友於郊遊，不太茂盛的綠

矮刺叢，木瓜樹。鏽掉的板房
是否也寫有贈你的箴言：
內有惡犬，後果自負

小島觀海，打撈浮沉之影
那片久久的空曠中
有開普勒演奏的天體音樂
有牛頓的三棱鏡分解出的七彩
有拉瓦錫的水銀尋找的氧

過去的畫面是太多了
亂得像浮沫相黏無以為序

多少麥克斯韋的電磁波穿身
在普照下，學習欣賞自己的氧化
那一點一點的失去
你燃燒，成為氣
你磨損，成為灰

在崖邊一塊小小的多孔礁上
自我的大廈已經落成
但你等的烏雲還沒有顯形
那使你感知必不可缺的一刻

2021.8.21

跨國瀑布

綠水如瓊的落體中有白虎
勇健的摧撲，驚起縹緲的白蝶
這一幕和下一幕轉場的氛霧

她的竹筏從對岸斜溯，緩緩試探
小河的脊柱，一道看不見的紅

在山的友誼中，是蕉葉、大果榕
立在流動的腰身上遙相悅目

遊船輕撞，她像一條吸盤魚搭附
她冷冷地說著含糊的語素
沽售糖塊、香煙，和另一種

2021.9.20

搓繩

當坐到松木椅子上的時候，我嘆氣，手中的櫟葉
塞進爐灶，哎，鍋底倒掛的草木灰被火焰撩動；
就像孩子的不自覺，木柵窗外的毛竹在微風中
發著無心的噪音。年輕的父親說為什麼呢，為什麼？
從鄉間廚房的一幕日常劇裡，我們開始搓繩，
窗中略帶青苔的木條是支點，坐在灶前的換他了，
腳邊是一捆蓬鬆如虮菊的塑料扁絲。他粗糙的手指
撚起一根根不那麼確定的小心思，它們本屬於
幾隻用舊的蛇皮袋，從經緯中出走，亂了分寸；
那樣撚著，就像博斯畫裡的魔術師。喜鵲在室外起哄，
苦櫫樹上有啄木鳥打鼓，總是還沒來得及看清，
這根緊繃的細股就已經變長。我在繩子的另一頭，
手上攥著鐮刀，用內彎的刀頭挑住，越退越遠，
從廚房退到院中的廊棚下：季節輪換時它也曾顫動，
和繩上頑皮的力一樣；哎，那些不知輕重的力，
有時是霰雪初降，在瓦片上劈劈啪啪，有時是暴雨
匯成水柱灌進已棄用的大缸，為孑孑建起幼年的樂園。
院子裡曾經洗頭、篦虱子，晾曬為數不多的書籍；
而我站著近乎無所事事，想著，在星空下擦洗的人
是如何用身體認清了秩序，像千百年前的人那樣？
繼續向後退，就從敞開的院子來到正中的大廳，

我看不到父親了，但摸電的小祕密和無論怎樣也不能
用昏睡度盡的炎熱午後在等著；它兩側的房間
是生活用力想像的兩端，像貓和老鼠的忘情追逐，
有多投入就有多盲目。我停下，猶如發現了回南天，
從大門往回望去，繩子顫顫巍巍更像一條蛇了；
我們的老房子，我記清了那刺痛的第一縷光。

2021.11.30
2023.1.6，改

空

空，彷彿有人在隔岸卻要遞給你電報，
讓你歸還；他的吱吱作響的鼓風車，
他的站立如閑漢的稻稈掃把，他的婚禮。
像敏微的觸手，絨絲輕輕一碰就退縮，
空，你繼續刮收，青磚牆上蓬鬆的白硝。
你久蹲，你目眩頭旋，一株錯生的
南風中的蘋果樹，你把自己放進了婚禮，
一場被水汽蒙住臉的酒宴。空，其實
他是一個啞巴，一株流涎的酸棗樹；
一張二憑空甩出，一個小鬼就不得不
吊在房梁上，臨壓整個高闊的室內。
你輸掉的那些空白紙張，沙沙地在寫，
你不知道，就像米蟲想知道米中的砒霜。
天井往前探了探，燕子來空中轉播，
給晾衣竿，從人群的共夢裡掉隊的單衣。
未能燒透而碳化的柴餘，被你敲碎，
幾個小門中的一個，跳出蹣跚的她來，
她說住手，再不停她就摔斷老腿給你看。
你回頭，空，木柱子還在玩著木頭人，
有一種驕傲浮現，是飛躍天井時的定格，
腳下，屋地露出一副帶包漿的土臉；
你開始攪拌，你想在黝黯裡看一看化學。

2021.12.2

找

我找它，某處發笑
反射而來的光像鑽石一樣堅硬

小橋流浪，學小貓拱拱腰
我趕上。薄冰下的魚鱗
泥塘裡醉成圈套的蛇

我不敢喊它，怕
一喊出就會另有一個
舌頭撤回來，滑溜溜的酸棗

要的是它，在樓榭的棟梁背面我找
一行小字馱著我像天馬──

去巷戰裡，烏漆墨黑裡找
眼珠大得像黑布林
水牛反芻著栓禁，與它無關

但它把兜兜轉轉送給我
我去跨水閘，跨過葬禮的現場
屍體歡喜著擦洗

空氣中魂魄的味道不新鮮
我說我找它，它說你走吧

喇叭褲喊醒地上的灰
主席台說好，孩子們都笑
像雨後一窩小樹蛙被翻出

我想起我，要找
某刻分明叫了，沒有衝我
幾聲掠過閑擺的樹梢、屋頂和雲

2021.12.8
2022.11.22，改

三五個

三五個你結伴
七八個你貪玩

寂寞的小路腸子彎彎
鋒利的小草精神渙散

山花奧援，塗抹濃淡
田坡抖翻，呼應急緩

三五個你黯淡
七八個你燦爛

碌碌的衛兵觸角交換
啾啾的游龍首尾糾纏

沙裡，金黃城堡開闔
風裡，晶瑩學園盤桓

七八個你跳竄
三五個你追趕

茫茫的密密的林間
叮咚的解謎的清泉

溺淪的野鬼水庫表演
囚困的瘋魔耳室傳言

七八個你完蛋
三五個你轉圈

掐著指尖數數的大全
咧著蟲牙偷笑的指南

鐵橋上，街市上，雲團
牛背上，電線上，唱片

2021.12.18

野先驅

綠洲飯店

珍視的盡皆已毀。
微煙彌漫空中，
如訴，如輕壓臟器。

如此它客氣。
雀鳥扇動活光，
推送翕張的高窗。

冷紅色的牆皮，
疏解於暗地，
柔軟於漸漸的夜。

帶來具足的沙粒，
帶來遠景，歸來的
駱駝前奏共和。

蹄步混淆靴步，
呼之欲出的力，
趁機敲打一片方圓。

舞會開始了。
節奏聯播房客，
房客在偶然中立意，

加入那覺是的詞蹈。
在朽壞的地板，
在繁花的地毯。

2018.11.10
2019.12.29，改

林中荒路

人道是，路岸層疊集注，
青草是磁頭讀取逐行的搖頭。
卮言已慌張，饑渴
有如獅座。止步飲水的
貓，解調舊轍的泥窪糊裡
糊塗的夢。誰掙脫著
暗力又湮沒於空同？
誰悔恨似月晦又逼緊狹空？
那一切如預感般晶瑩的，
將在幾時，輪轉珠露？
乘坐光的風帆，乘上有也無。

2018.11.25
2021.1.9，改

樹

山林深靜我穿行，一片幽暗中，
腳步、喘息、心跳，只聽見
我自己，撥開灌叢、眾橡，然後
才是松林。在一面緩闊的坡上，
苔蘚散布，暗綠、潮濕，一顆樹
總和另一棵隔開得當的空隙。
微風似乎永不停歇，穿梭其間，
在無數松針上，編織綿密的細雨。
在此地，彷彿還能瞥見異地：
遠處的水面反照，天空灰色祥和。
是我看見他們還是被他們注視？
多數已斷折了梢頭，垂掛著朽枝。
低處的枝杈，則有的盤成雲鬢，
有的曲折如懷歉意，有的似濃情。
這棵松樹，曾被鳥和氣象棲居，
穩立而不傲兀，枝條勃然舒展，
敦壯的樹幹像覆蓋著敏感的皮膚。
它也辨識著，我們相對如曾相別，
而默會中鳴蟲從不出現、打斷。
我穿越了茫然的密林終來到這裡，
像只是一天；依次醒來卻又像

歷經多年，從一重一重的夢中夢，
惶惑地接力，卻不斷地差池，
把這些樹，把這棵帶回生命中。

2018.12.23
2022.2.19，改

坡

風中，整片暗綠的花生地起皺，
彷彿靜物上一件行將滑落的披風。
天色近晚，誰又能永遠像個鬥士？

從四腳蛇曾出沒的坡腰小路上
遙望，群鳥黑色的塊身紛紛入定，
田坳曲折，市集想已歸於落寞。

是否，不斷脫醬的器官還能重組？
以指尖的魔法拋升透明的水晶，
用凌空旋轉擾取流轉的物候之光：

驚聞？伶仃中豐美脹裂的野瓜。
夢見？蕭蕭下振羽焚滅的鳳凰。
在半夏致啞的窒悶中，放聲呼喊？

清泉點洗心鏡，茅草蓄念如箭，
腳步被大地祝福而終獲得輕盈：
溝渠一躍而過，地壘一級級超登。

跳蚤也有悅樂如斯？在好似音弦
掩抑、延亙的天際線上，是誰
去了又回，早已走出虛空之遠？

2019.5.28
2023.2.14，改

冰川

藍白色的開裂悄無聲息
鬆動的意志中藏著一隻泵

銀粉是跌落時末世的禮花
千萬年的堅冰只需一瞬

與獨角鯨穿梭的裂縫不同
與海豹換氣的冰窟不同

它長久反射著熱，像鏡面
照見星球的同伴或過客

讓海水連成行動的大地
讓珊瑚抹成豔麗的叢林

而太空不正是虛空的告誡？
它是這星球醒世的巨獸

當協議建築成鉤心鬥角
垃圾山漂浮像英勇奧德修斯

巍峨著它積聚著內燃的火
水層下尚有更浩大的沉默

消逝吧白鯨海象和北極熊
消逝吧磷蝦企鵝和信天翁

當崩裂聲聲敲擊著心臟
當狂湧陣陣擦除著記憶

詞的欲壑在尋找冰川

2019.8.13
2022.3.10，改

夜路

你跑起來你就上頭
你只往前全當看不見

墳地在左棍子在手
你懸想月相就七月半

鬼夢裡已相識一二
鬼門開了牛鬼走得慢

你聽清是借來的身
指點著山林新的加減

但墳地尾隨你小跑
你到深黑裡有個鍛煉

深黑傳送碎碎叨叨
虛幻你小大的空間

噢，讓詩像一種物質
硌你的牙，催你的汗

2020.3.29

泉

越清澈，越含著地底的黑，
那不可知的湧動之域。
小小的出水口，日復一日擦亮，
多像紅色大地的真皮組織，
忍受著永不癒合的創傷。

團團青草攏出它的練音室，
杉樹、野板栗樹的枯葉
在其間打轉，共光斑亂舞。

泉下也是死後歸去的地方，
這份甘甜中是否有遼遠的相連？
從一場場徹骨的虛寒
運來澆淋，於燒灼的心腸？

我頂著烈日、光著腳板去那裡，
跨過灌木叢生的湍流去那裡，
我抵達時已經四野漆黑。

浮藻捆帶氣泡披掛於水面，
窟底更莫測，水體更幽深。

前身似是搖滾樂手的水母，
用長長的觸手四處彈撥，
在翻滾中任意，在螢光中隱顯。

2020.12.29

杉林深處

世紀的船難匯聚，天蛇的垂信
舔拾抵於誰能倖免之地。
但絕不享聘血淋淋的心肝，
絕不，假陰火之幻形而離遁。
新生的綠魂，久掛的枯魄，
爭論而渾動而拍擊雄高胸膛。
絕不讓風信手，帶走藥，
琥珀般的病結晶。必有虛位，
針尖所指。必有悵躊步，
於自卷自舒的蕨蟲夾湊中：
「我神祕因我復現無能，於我，
我彌散因我取徑，於沉默。」

2021.1.28
2022.3.8，改

沙漠

該如何開眼？走進
神的內心的一日。
萬物的攀談消磨為顆粒，
咒語沖迎藏匿鳳凰。
只有巨象載重山踏震，
只有堅冰普種無限藍田。
誰能起死，能絕意？
手繪圓中圓，走穿
隨身鋪湧的壯圖。
神的自我慰藉的一日，
浸熄金烏火紅的尾陸，
太息而復吐精魂化形萬億。
該如何聆聽？暗中的
閃著黑溫的野先驅。

2021.1.29

賀蘭

大目建造，包收廣闊為城池
大口翻越，飛騰堅厲作虎師
策馬揮斥綿延之呼嚎是我
仰面承領氣運之癲狂是我
我於大寂上因襲如滾草
我於古空中鼓掌如楊葉
鐵蹄爆裂我，冠帶發射我
腠作於渴地如肉蓯蓉
懷柔於冷山如拉拉纓
是我是我，碑與勒
是我是我，神與魔
看我一念萬里又看我寸步不離
扭結著相對著責罰著
互博有互駁的邪樂與豐樂

2021.1.30

大榕樹

光的甜稠的斷續
鳥的迷亡的湊射
海運千言萬語夗圖
熱力搬沉雲凌頂一壓
誰的宮殿誰的寶船
誰的丹爐誰的天梯
誰的鏡筒誰的案几
誰的問誰的喪我無我
綠的爆炸的彈片
氣的鼓勁的怒肢
抽升地素投入世界之黑雨
邀截聲影為定定之方國

2021.1.31

禁山

野剌蒩花展裙襴

塌土震詫血紅

以手相攀之蕨拐

以口相含之藤洞

深林深深，深心幾許？

切分大木的蔭蔽

切分朽幹的骨與皮

切分枝連葉的莊嚴綠

白蟻潰地，椆彈亂墜

後計畫遺渠棄廢

逝於氤氳，往生夢界

生馬生吹生雲碑

那刀割與火噬

那所恐者令使敢悍

山林偉力，納切切

為混沌，為奇迷

2021.2.12

2022.3.8，改

候鳥

崇山剪斷，氣流開關
置喙于天，舒展黑刀
影避鷹盜俯瞰
騰越貓賊偷腥
公園之人民性
曠野之依自心
時運顛亂而識冷暖
湖林萎頓而忍饑渴
於雪雨中個立
於迷途中群飛
鬆緊無限之一線
取力自彼世提拉

2021.2.20

廢渠

荒草開誠，巨落巨驚

吞收沉底之原料人

深自加工，造野遊之無定

予他享蜜花枝針對目

予他荊棘嫩箭輕嚼

仰望可以抬天，斷局飛地

遠邁人火與年級

驅他夢力衝決意外

驅他縱身想像之崖涘

一步一乖離，一惑一轉移

木灌於斜坡有鬼

樹立於罡風而不愧

借他遙串相似及應許

借他如客高攀以客觀

駝背實驗抬地，工分公天

幽靈江輸運幽靈米

2021.5.25

旋轉

吃空了糧餉的秋之耽於輝煌的透澈，
放量地上漲，收羅原理之泉自嚠的
回響中還要更持久的貝殼的微微重。

四腳蛇以綠的福蔭地而不可企及的，
緩坡以純粹之雜而生養的不得不
所贏得的，那逆著所有雲的汗液的

注視！為什麼彷彿看到了星波粼粼，
填海一般的飽含樂觀如小石子的奮怒？
遼遠的虛空並非事不關己的逼湊
與夾磨，使藍質更藍於此而難於銷蝕

那薄危如熊踏之冰的未來之必來。
它的棱角從無數花中提取的鋒利，
有一種小星球恐慌於無撞式的緊迫，
比烏有鄉還絢爛地硬寫於我與類我。

2021.8.9
2022.1.14，改

詩

在那裡，橘皮之光閃爍
我要告訴你，在那小精靈
裁縫般量取的微茫上
氧分子舞蹈著，還沒有探身
就帶來歡慶的是花的激辯
開成什麼樣呢？從空空中
三隻犀牛角粉色的溫柔
四掛金耳朵彼此傾聽
隨著水波五條水母旋轉
注目的孔雀，層疊的綺山
還能開成什麼樣呢？真是個
難題，興急如一肚子的
隕石的快樂就要衝向食指
直到你悄然如風的到臨
直到你眼中萬紫千紅的放映

2021.9.16，贈ZBR

太行

朋友越來越少，在這孤絕的路上
灌木暈綠，大塊彷彿誘敵深入
載任我，逼勞我，在這嚴峭的谷中
兩造是兩天，堅壁廣蠹展刃於烏滯
一條窄望彎曲盤旋去向細密的夜霧
穿鑿我的視礦，開掘我的聽晶
微光護駐於冷腸，刺礫裂塌於陳骨
隧突、崖崿，封存的、風蝕的
在這寂寂危途，聲息越來越多
石水激流如割脈，鯨岩壓頂像典著

2021.10.8，贈高將軍

鬼語

抽脫了，從吞噬萬類的無涯之夜：
失卻情草的悠擺，未有靈魚的翕忽，
只餘聲息，聲息如空空妙手般輻散。
愧喪曾索尋它的完形、飄渺味況，
誰會是那雲朋霧友，濃淡相交？
古樹內的電梯運來有限，陳舊木椅
構變一艘偏流的棄舟，一切在動：
橫壩阻隔湍波，而水舌點猾地漫舐；
與漩渦圓舞，在眩暈中小心回顧、
渡涉，有如盡世提燈者鋌險的自習。
抬網密緻由彎竹撐展，不停地起落，
捕拿枯枝和浮沫下，潛行的援引；
宏大的斜坡，像整張試卷向內翻捲，
難題是，半腰處的頹廬持續傾壓。
漫天的落花中，永恆的鏡愁正描摹，
那一瞥足以，使跋履續續於危岸，
在塊壘逼塞的夾間。濕重的身軀，
如何迴向？律動是一種神跡像鬼語。

2021.12.4
2022.1.1，改

螢火蟲

從攤著手掌呆立的泡桐樹開始
異常的寂靜發動奇襲，像蛇
橫穿鵝卵石馬路，夤緣上木槿護欄
簇生的扁豆被緩慢地抹去唇邊血色
分頭行動，一邊是菜園，那裡還有晚餐的蔬食
另一邊是走廊，和一把掉漆的空椅子

戰鬥很快結束
山那邊緋紅的旗幟拔掉
一天就這樣又一次失敗了，然後是失聰後長久的嗡鳴

夜露出它的真面目
而他沮喪地躺在一張竹床上，腳朝著大門外──
入睡，就是突圍
讓殘損的心靈小隊
潛入造物主用食指戳開的某個黑洞

一條迷瘴般的防線也在四處摸索
思緒的坦克重整，滿是傷痕剛發動就熄火於沼澤
單兵紛擁投擲燃燒瓶

一片焦灼中它出現
一閃一閃，像一顆微縮的綠色星球
掙脫了引力掠過紅巨星、白矮星和玫瑰星雲而來
它在空中定住，接著劃出符咒似的不可思議的弧線
延時的光暈，像金石將整全的暗質切割
另一道門打開了，他看見

2021.12.6

水牛

就算電雨劈剌、風雷吹震也決不退讓
遠遠，兩隻碩角像尖利的迴旋鏢揮動
大地任你擊壞，堅重的偶蹄交替
從蹄縫，團團爛泥裏挾青草向後飛射
韌牛尾左拂右擊，空氣中滿是敵意
不可直視的憤怒之眼，使人幾乎忘記
更早前，你也曾是徜徉的幼天使
總是渴餓的深胃指使靈動的小腦袋
鑽到母親腹下，憨急地頂撞溫潤的乳房
耳側毛髮中，有難抑的隆起日甚一日
粗糙樹皮被你羞癢的小角蹭得光亮
三五成群地，你和友伴去作物中間遊蕩
直到韁繩勒緊你頭顱將你鎖縛於樹幹
一根燒燙的鐵絲刺穿了柔嫩的鼻中隔
一聲懊惱的哼叫分割了兩種生活：
你負重、耕作，在烈日下、泥濘裡
一次次領受指令的叱喝、棍鞭的抽打
粗壯的脖頸也曾桀驁地高昂、抗議
像奴隸中的起義首領──一再被鎮壓
只換回鼻頭上更劇烈的拉扯、痛楚
當你低頭吃草，白鷺就靜靜落於背脊

像燈，為陰沉四野帶來無言的安慰
但多數時候，你仍是狹路相逢的那一個
暴烈，渾如一台巨大的柴油發動機
灰黑身軀從茫茫暗夜源源不斷地汲取
你的器官腫脹，你的力無處安放

2021.12.11
2022.11.2，改

在灰坑前

柏木像一根探針讀取著風的唱片
透明的繾綣中有一種顫動如魚的渴
傳染著嫩梢，毛線頭般密疊的鱗葉
還有，一種芳香幽幽地沉落
使清悄像一條聳著鼻子的狗貼地小跑
在人的高度上，樹幹保持著距離佇立
所有殘忍之物也這樣，仰望著
久久地就像俯瞰——天空深不見底
雲的詠嘆中陣陣鯨歌翻躍
而騎士攜領扈從走上心的泛黃玉階
令它滑動如琴鍵，彈奏在必要的休止前：
當閃著黑光的烏鴉翩然、耀亮
亡靈的期會上草鈴鐺輕晃將空白句讀

2021.12.23

貓頭鷹

遠處，工廠的煙囪像巨魔正炊煮
向冥茫問索，層山間的支流枝展如珊瑚
太陽關機後的昏莫裡，孤懸如槳的鵝掌楸
划轉金黃的寂落。草岸像一根排隊線
濕鞋的野人要上去，端莊的黑馬要下來
在一張貓面具後藏伏，來了它看見
一個入口也是一面墓碑，為狐禪所辨讀
腐爛的葉片揉進泥肥，枯枝的裂斷
驚駭有如失態。它睜開一隻眼而閉上另一隻
納受那些「像而不是」：有什麼在吆喚
一條生蛆的健虎，拉動戰車馳騁於林植
永生的幽黑緩緩上升、播散，像濃密的戾語
它的小猶疑，在松針間滴溜溜地動轉
一聲尖叫，使闖入者的魂靈朝身軀外猛地退卻
用力從樹枝上蹬跳，它擊扇合金的硬翅
兩隻圓大的瞳孔巡視，微弱的隱光因它而洞穿

2021.12.27

字典詩

最最

最是一年茫茫盡，你忙迎客，
倉皇而來的最友，手提最酒。
最萬人迷是你，最廚房是你，
最菜市場的你沖洗最菜的菜。
砧板上的最刀，片最嫩的羊，
一口最鍋調情著最調皮的火。
最香的最辣的，依次上小桌，
一盆紅紅的最炭，燒到最暖，
一年中的最日也計畫著最倒。
最意等著最人，最手舉最杯，
最喉舌裡有最花瓶，最階級
看旋轉中的最梅，和最世界。
補一大碗最湯，彈一把最琴，
把最響的，留給跑路的最音。
最好是最機錄最照，最煙雲
繚繞最室，薰制最狗的最夢。

2019.3.10，憶戊戌戲贈王十億及諸公

物事

人物按下心事，心事浮起無物，
未能了事的往事，四下物色詞與物。
舊物同雜物有些事故，故事費事，
來事的景物，勾出軼事中無端事。
造物不可方物，世事不如酒事。
君不見風物塵物穿腸過，百事蹉跎，
君不見恨事怨事杯壁流，萬物靜默。
正如這千古事上且堆疊著身外物，
一物降一物裡還掖著藏著不抵事。
大物細物參照物，古事時事一碼事。
不知鬼物將何事，但知鳥事為何物。
應物處，果真多一詩不如少一事？

2019.4.4
2022.11.3，改

用力

人潮的勢力，按摩沿街鋪子，
熙熙攘攘擦出按捺不住的火力。
在聲波和香波中，是混亂的
分子力，時而吸引又時而排斥。
張力中動力使目力尋覓魅力，
陸續的人力俘獲入古寺的史力。
從空間的擁擠到時間的擁擠，
從體力到心力，春力不勝酒力，
蕩漾未成熟的悟力和波羅蜜。
歇歇腳力，石塔上金剛的笑力，
輕描淡寫了神力，但矗立已
力言了偉力。借力而來的旅人，
力辭榕樹的陰翳，在塔基前，
想像力力圖描繪創造力的力圖。
而信力在繞塔，力克業力時，
也捎帶家力地力和國力，祈禱
願力的力矩撬動十力的分力。

2019.5.12

哈哈哈

哈囉，世界。雄雞駭亮手機，
哼哈而來的談資，哈泡於
鎖屏欄，馬大哈的哈哈黨
哈出面子，錯誤，再次哈出，
屏幕打個哈哈，哈你一通。
「哈！別嚇我哈！」是哈帳的
哈身援引指紋，像地下黨
從哈窗潛入哈界的哈哈流。
一哈子的工夫開啟哈哈之旅，
哈亭又嗯亭，哈山的濕氣
梭哈哈男哈女。登高再高，
到哈頭，嘗一哈水而哈天下，
像哈哈鏡裡的哈伯望遠，
看哈話如哈草的哈友，掠過
哈姆雷區的哈論，又苦哈哈
于德令哈，嘻哈一眾哈腰者
齊齊哈爾等大咖如哈里發。
是哈巴狗、哈密瓜共哈吸
哈喇子，哈欠欠哈而哈夢中
哈人正哈利路亞於哈瓦那。

2019.7.31

新的

新一天，舊夢躺在舊窩裡。
小燕子穿新衣，剪裁舊世界
和落花流水。流水有新意，
系統更新新村。早起的新民，
換張新臉，擠成面目一新。
新學舊人命，而新科技刷新
新臭的牙。一路的新能源
正催熟新不了情，咸與維新
同步悔過自新，新就新得
虎虎生風有如醉新於新氣象。
是這八成新的滾滾新塵中，
新聞導播了新火，而老油條
新話怒放，新編著新世紀，
叫新新人類，興嘆出狗日新。

2019.9.5

在嗎

在野的元上都在水一方。
鳥在飛車在，走日在，
在金蓮川，舊金殿今安在？
在見了碎石，在見了垣，
隨在的風吹拂短在的眼。
閃電河在，在在皆是的草，
讓此在和彼在難以分開。
在望中似有數不盡的城市，
在乎著不在場的在人，
想在昔的具在在口中現在。
所以遠遊的客在所不辭，
再一次，在列路之遺在。
因登高而在勢，因高呼
而在世間，只是在天在地
的空在，在不動許多自在。

2019.12.24，憶元上都及馬可‧波羅及卡爾維諾

對不起

黑鴉對立湖面，校對波光
的對白。針對的對局捉對，
蘆葦對勁，四處紅牆對禁。
滿目的對象，質對著想象。
空氣對應了發生，對現為
對不出對手的，一片絕對。
對長亭晚，滯悶正對味兒。
水中魚兒對飲我們，賭對
是誰在派對雙槳，且背對
且入座？是誰相對無對付，
對望著對境中對開的自己，
奮力對齊於運動，對於錯？

2020.7.3

痛快

快，太快了。
快過了幽浮，快過了
順流而下的豬。
快得比先富還快，
比蛇皮袋還快。
快線快撒著快意，
快手快馬加鞭。
腦門伸到快門，心刀
就快鈍了。唯快
不破更快，所以快有
總是快傳於慢無。
快壘起於胸，快子
快忘了快人快語。
很快哉風吹拂，往日
快樂園，游魚酷愛。

2020.7.15

太太

太明暗了，太檳榔
太上頭了，太獼猴
太行動或不能
太聽風就是雨
太雨過即天晴
一聲金剛撕開以太
一對鸚鵡飛白
大可是住進蝸牛的
半坡性，大可是
爬山又看海
太小徑太野花
太干太汗太平洋

2020.12.9

淘

淘米，淘衣，淘舊書
淘來的文竹仍淘氣
醉淘淘淘金記憶的山谷
桃溪東去浪淘盡
經驗漫捲流量，淘汰
于消消樂，無所淘
於天地間。時光的老饕
海淘她逃閃的桃紅
她輕柔如縧絲的叨念
掏空了葡萄，淘蕩了氣泡
在淘寶訂單裡，豪淘
一座淘洗的數據碑

2020.12.13

切！

切，切入玻利維亞的膿
切，切割玻璃餵丫的街
酒吧窗上的頭像切題
革命尚未成功
英特納雄耐爾卻已反切
國際化竊笑，小鎮切磋
切己的鬼火切分鏡中的黑夜
從南美到南寧，摩托車上
同志的口音恐未切當
勞動的果實恐已失竊
切，差不多就是
一聲親切的招呼了
友仔友女情深意切
老友粉一碗不顧一切
從原始森林到田邊坡路
土一點其實就是潮一點
刀子有時也要動的
打工是不可能打工的
竊問而進思於監獄熱切
既搖又滾於小資階級切實

2021.1.16

＊註：周立齊，南寧人，曾因盜竊電
動車被捕，又因受訪時長相酷
似切・格瓦拉且口出金句而走
紅網路。2020年，出獄後簽約
成為廣西飛驢電動車科技有限
公司聯合創始人。

象征

山林有疾，田壟走日
耳風運氣，翻克大地
鈍厚之先鋒，按摩神腫
成群結隊如電動
一意抽身向北，抽象解象
是樹，兀立水泥公路
是牆，格擋重卡車輛
憨態搖搖之亂象之野象
為淵藪，為造作之源頭
幻象是你想、是你噴
奇異之出遊，無量之出征
光照成影，紅外成像
險象環生於壯麗之景象
萬象更新於無形之大象

2021.6.2，為雲南15頭北遷亞洲象而作

云

云友入市，聊賴青天
作云會。昔我獨坐陽台，
今問云友何所來？云腿
慢悠悠，白口以白心。
云端云存儲：海馬帶劍，
寶船騎狗，山島吞玉樹。
我問逸友何處云遊？
夫子云天主云如來云，
玉麒麟米其林霜淇淋。
飛機高掠云駕如鏃如鉤，
驚起遠人遠事之云緲。
歲云暮矣，隔空呼取
酒千杯；又云散又云聚，
濃云、淡云，亂筆云云，
或云盡芸芸之已存將存。
云誰縱樂？不知所云，
我友醺酣終於紅潮撲面，
似疑云詰對，寂寞兩間。

2021.12.2
2022.1.17，改

＊註：按《說文》，「云」為「雲」
　　的古字，本詩為表「云」之多
　　義，不另外區分。

數據中心

賽車遊戲裡的女孩

那天在沙漠嘉年華，
我開著福特要去比賽。
所有人都在尖叫，
好像瘋了，
她也不例外。

在護欄外，
她站在角落裡，
時而看看眼前的地面，
時而跳起來歡呼。

車子熄火了，
所以我停下來，
多看了她一會兒。

她有點美，
看不清眼睛，
有點讓人難以捉摸。
我按了按喇叭，
她沒有聽見。

我收手趴在方向盤上，
索性不動了。
她在看什麼呢？
我猜了很久。

切換不同的視角
來看她。
她的頭頂沒有名字，
和從前碰到過的
所有陌生人一樣。

都是安排好了的：
出現在我面前，
然後等待被遺失，
在寬廣的系統裡。

我加大油門，
開車撞向護欄。
就在她眼前的護欄
濺起好看的火花。

但，沒有絲毫的損壞。
我一遍接一遍地撞，
希望這些重複的動作
能引起她的注意。

2017.9.12

愛情博物館

門，默默地打開。
沒有綠色的盆栽，
電視機已睡了很久：
一棟冷冰冰的二層建築。
晦暗處有細膩的絨毛，
從衣物上掉落下來的
各色的小絨毛，
彷彿生活就附留在上面。
接著，他們出現，
同彼此談著天。一會兒
靠在混凝土裸壁邊，
一會兒飄忽在懸空的
室內樓梯上。他們
四處閃動，就這樣
參與著房子的二次生長，
成為其堅定的部分。
他們總是先於我，
但就是沒有注意到我。
我一直走到樓頂，
他們在天台的沙發上
坐著，各自怪笑

又齊刷刷把臉轉向我。
四下高高低低的舊樓
和遠處朦朧的山線，
都不能將他們驚動。

2018.12.1
2022.3.14，改

另一種生活

已經憤怒了多久？
像耗子被貓耍弄一樣，
在小小暗室裡顛簸、消耗。
出遊的心透支了過去，
過去之海裡裸泳的寶貝們，
遙遙憨笑此刻的階級。
每日價這般down，
可有up主來救贖？
他打塑料浮球間的科幻來，
趕海而歸，手提大貨。
方言的靈運行在水面上，
橫行的螃蟹對沖橫波。
於是終於收心似收網，
上岸，聞見黑鯛的腥味，
攤開小鎮如抹布。
辣螺換杯奶茶，用虎魚
去和老闆娘換肉鴨。
這人字拖的街邊夜啊，
燒烤西施端上一盤韭菜，
忘記了真理的味道。

2020.3.10，於B站觀漁人阿烽趕海
2022.3.14，改

電

有天連地，有巨人連高塔，
有無限的平行線陪明月高掛；
供它跑，供它彌留，供它
被導入比喻的把戲變成偉力，
變成一閃念。但它要擊穿，
要咬脖子，要你酥酥麻麻。
所以走了很遠的路，卻是
一轉眼。從道而器，變質的、
炎涼的，它搬極地以凍齡；
餓的、渴的、空虛的，它
煲出山水，又煲成熟的肉身。
它也有物性了吧，光、風；
魅惑的幻視、幻聽，造化為
新的創世，敘述的開始。
它強、它弱，撥轉時間的河；
在大願前，作為詩它撬動。

2020.8.4
2022.3.20，改

張江高科

新區風光自有科學的冷峻。
從一名科學家散步到另一名，
已然過了幾個百年，幾片大洋。
路網編織的單元，亮著彩色的標識，
卻分清了彼此在夜色中的上下游：
精密氣體廠、晶片代工廠、封裝廠，
此刻，在最新的事物上，籠罩著
最古老的黑暗和敵意。鐵柵欄
包圍著廠區，也被蒸汽管道環繞；
一點點餘光來自街燈，削出廠房
光滑的立方。充滿能量的黑盒，
在猜測中徹夜運轉。陳舊的是我們
的巨物崇拜，在幾根白熾燈管下，
滿足於金屬的之字形懸空樓梯。
事實上，關於這一切我們所知不多，
每一片晶圓已是一座神祕博物館。
只有恢宏牆面上突兀的小小高台，
像跳台般邀請我們、我們的時代，
加入激情的一躍。而在納米空間上
思維的二進制，像精確的藝術，
陪我們走向生鮮超市、盒馬牌史詩。

2020.8.20，贈ZBR

西部遊戲

重來不過是另一場失敗。
大廳像一隻瀕死的家畜，漸漸
剝離身上的光。雕著花鳥的
老木桌上，新電腦活躍地閃爍。
除非到門外，才能看見入夜
帶來的平靜。父親跟從前一樣
叫我一起去已生疏的菜園看看，
但也許是操作不熟練的鍵盤，
帶著土著的敵意：西部遊戲裡，
血紅的大字再次把進度回調。
我蹲伏在山洞口，一塊石頭後，
一株雜草擋住了部分視線。
漆黑的深洞。剽悍的阿帕奇人。
而我只有一把左輪手槍，只有
一名新手微弱的勇氣。父親
在身後徘徊了一下，顯然對
如何做一名殖民者、一名英雄
缺乏經驗。他又輕輕問了一聲，
但被激烈的交戰完全覆蓋了。
直到外面的天也澈底黑下來
和山洞連在了一起，身後安靜，
前方有篝火，黑暗裡只剩我
呆坐著，就像一隻畏光的鼠負。

2020.8.21
2022.1.10，改

高手

此處無招勝有招。屏氣、作勢，
入了港的人入你的臂彎，入了
你的高手。看好了，你說一個力
被接住，你的丹田高興如樞紐，
封鎖也如揚一陣灰，注意有高能，
看不懂就接著，在這化術裡聽。
一招和另一招之間有一個插入招，
小碎步是高明之處，鬆鬆緊緊，
情緒就像和閃電通上電。你彈抖
抖落滿屏的彈幕。太極生兩儀，
你兩手蛻變出五連鞭。編，接著
編，那些虛玄都敵不過你的實演。
前提是，有前提。就為點到為止
點上一個傳統的大大的讚。你
跳出來，自信的高手，有誰比你
更深知當代，更深知一種創造？

2020.9.1，於B站觀渾元形意太極掌門馬保國後戲作

邯鄲路

末世的數碼城，妖風鼓動
巨幅廣告布。不，不像這裡。
黃綠藍的單車刷新了街景，
局促、雜亂，死了的門店的魂
隨意附身著如流水的行人。
讓他們，參悟話術中的話頭：
看樓不是樓，是降臨的異物，
插在這個地球，這不斷的
陌生化。但同樣是晚高峰憋著
路口的高潮和興奮，十年，
只需要一轉身，就能出現在
另一個路口。十年，未成年的
工人走出東莞，作坊的流水線
沖刷他，只需要一輛電動車，
就能一直快速逆行，騎向系統
幽深的彼岸。十年，對立的
越來越多，兩隻用於站定的腳
甚至有些不夠，而下一次
失衡中又是誰跌倒？鮮花立起，
霓虹燈閃爍，新生的烏云說，
雨滴也要欣賞黑夜的新生。

2020.9.10

金秋路

從集電港出來，夜質通透、輕，
有如屏蔽新聞後，有揮發的快感。
你和我談論著，那些原無定所的
工程師——本應去往各地安裝製造機，
我們就走到了河邊。白雲抹月，
散步裡顯然預設了反鬆散的堤，就像
手機裡也暗藏缺芯的風聲，驚嚇了
加班的夜鷺。一隻、兩隻，越數越多，
撲扇了幾下又重新立定，渾如銅塑。
它們緊盯著河面，似乎在河的流逝中
獲取了憑證：微波、游魚，隔著黑暗
都是我們所看不見的。但的確
有一種精確，就像儘管網路已斷開，
掃描槍下的二維碼，仍舊命中了錢包。
當我們拎著一袋雞蛋從超市離開後，
問題仍在想著，是一道那麼窄的鐵門
逼促，才讓那麼多一齊湧進腦門：
有蚊子，有飛馬、天鵝、仙女和鯨魚，
還有病毒，有程序、AI和機器人，
有你和我，全因被授予的此刻而同在。

2020.9.27，寫給ZBR
2022.3.20，改

週末

抽身於打野刀下、趕海船上，
你關掉視頻，組裝自己破碎的浪。
週末是一種金槍魚般的動物，
來得快去得猛，你勉力支棱起來，
舌苔苦澀，馬桶的漩渦有耳鳴。
在軟件之間，挑選一個優惠的替身，
代你邁入大街、競時的舊遊戲。
從紅到綠，從十字路口到只許直行，
地圖斷斷續續，將你拔升，使你
感到日月的引力之重：浦東浦西，
道術未裂，辯證法混著變戲法，
變出大橋螺旋向下。你詫異、眩暈，
目眥如冰裂，越是填補越是相變。
從此廣場而彼廣場，你閃閃。
在優衣庫，在體驗店，在處理器，
你問手機是否也做更新的噩夢。

2020.12.6

短視頻

一切決心，都付與洪流。
划啊划，拇指學狗爬，
暢遊於濾鏡中的奶與蜜。
百萬鬥雞眼助力up主，
點讚、投幣、加關注。
萌寵萌寵，大威天龍，
寬油下鍋，愛豆打尻。
馬桶上得集錦，馬路上
說天呀。手滑，滑開一片
貪玩藍月。涼涼地返回，
彈幕的槍林彈雨：臥槽！
誰道是，高手在民間？
流水的批判，批判的快樂，
快樂的學習。什麼原理？
什麼男人女人不值得？
給我，給我一雙慧眼吧，
在推薦欄中，發現自我。

2020.12.7，戲作
2021.8.12，改

論友誼

一筐草莓在霓虹燈下轉運
空歌的義體人騎坐機械馬
仰看無窮宇宙無窮的黑暗之詩

當冬季大三角遙送來三角鈴音
全息的代言人就於半空舞動
曼妙如巨蛇，動情如遠親

整座城市都因負荷而頭腦發熱
為了使落木緊隨信號蕭瑟
使路人對立於寒而統一於暖

能飲一杯無？能否在電路上
為回饋的繁複故誇耀，而添續
回答或者不回答；或者顧左右

而深明，系統更深層的貪婪
就是你我勤奮如小煤礦的想像
因為它也只是困游於虛空的卵？

一筐草莓在霓虹燈下轉運
生活突兀，生活又恍惚如初代版
所以教我們顆粒分明如像素

2021.1.6
2022.1.17，改

波

再也不在。母星
波光裡的光波，糾纏
如小腸的回憶之絞
一陣蓋過一陣的互變
長頸鹿的脖，斑馬的嗝
從塞倫蓋蒂遙望
沉默的火山恩戈羅恩戈羅
暗，就是不能被觀測
不能在時空的漣漪中
感應靈魂的波動
智能音箱的職業甜蜜
掃地機的暴躁，路由器
的疲倦、的絕望
再也不能回去。在
電場和磁場的無情遊中
遠離物命的氧化
向更深處浪費，在再也
沒有信號塔的寂寞星

2021.1.12
2022.1.13，改

故障

備用電源旋即啟用
——大崩潰後
短短的一剎那
在第三代想像機裡
暴露了起源

蛇的脖子
掛著冒號，遊走
氣體、塵埃和碎片
彙聚、碰撞
重新變成開普勒452b

地球、太陽
看起來
一切正常

代碼做的人們
該哭的哭，該笑的笑
毫無表情的
繼續低頭忙碌

但是，清見
人的世界當真兩隔嗎？
為何，我感到體內
有他人的餘溫

2021.1.27
2022.11.8，改

春

酸雨酸黃瓜
售票草廬堪一坐
遠大負氣歸於插科打諢
如履薄冰一貼屏保膜
主意好，主義何時來？
俱樂部不如獨樂步
物的流動退讓象的流涎
蒸汽智力，數碼包漿
電子煙花送葬真人
遠望礦工，比對比特
海雪的頻道且收且聽

2021.4.22

還鄉

小鎮鎮河妖
谷歌歌大鵝
引用朋友語氣
招喚機山的魂
回來，短信之愛
穿過信息筍陣
回來，半導之身
途經傍晚六點鐘
何處是你湖心版本
何風是你情感面具
調製加密的柳
解調波蕩的葦
蜈蚣蜈蚣，出洞
泡桐泡桐，騎牆
借硫酸的光
借衛星的鋁
開始我們的遊戲
開始我們的沉迷

2021.5.19

數據中心

陪伴你坐著，在數據中心
星星閃爍，山彷彿山的樣子
水卻是水的洶猛和永逝
相伴，不一定是肩並肩的距離
你動動手指來到大廚近前
看美如何降神進幾塊食材
我眨眨眼，成為監控攝像頭
驚悚著速度如何集錦為人禍
我們各有自由移動的棲所
黃昏吹海風，醒來在冰川
但頭頂，不必太耐心就能聽見
總有不斷的飛行器在巡邏
我們知道，它們其實也在聽
欲望的鼓擊，情感的珠算
聽這麼多悲歡，這麼多氾濫
在芯片迷宮裡住著一個無名
這人格缺陷者，多像黑洞
陪伴你，也許只是共在之假想
用我的電，和你的電相聯
就像拇指猴攀在搖搖的草莖上
儘管望洋興嘆，又疲軟厭倦

2021.8.4
2022.3.14，改

列傳

村鎮班車上的老「政客」列傳

不言而喻的霧，施洗了舊山水。光景
暗如氧化，幾個匿名者朝著招呼站
涸去，顯隱，彷彿冥冥中有史掾按捺。
手電筒望遠，向前一試深淺，打量
彼此局部的政治。一聲咳嗽後，車來
如暗語。踟躇上車的人，初嘗欣甜，
勉強入門的藤網，引地緣人緣，對號
如相親。隨即穩定的面目，打消了
鬥爭的疑懼七八分。走走停停，點化
路口排出的怔人，車廂內很快便擠滿
上往城區轉運的人，但家庭承包制
仍經濟著，最後排的一二空座。顯然，
某個陳舊的人，更明曉新潮的要義：
窗外的丘陵幾番動盪後，他已落高座，
像俯瞰過江之鯽，身上的軍綠大衣，
使他衰頹的軀殼膨起，給全車的人
教育一點成熟的階級性。格局繁若蘿，
隨意採摘幾個人名，他老利的喉舌
彷彿就將吐出，一張更密的網。淺嘗
中央台和省衛視的用戶，暗自搓手，
預備從口報中想像隱祕的細具，並借機

將幾項市令關己。就連班車也似乎
算計起計算題，從反覆被超車的質點，
到沖出柔化的宣傳畫，成為橘紅的、
掌握直接祕密的黑匣子：把手待轉，
市辦門將開，一張辦公桌彷彿等著他。
但有一雙機敏的先手搬來一串台階，
並用定理將距離拉開，宣告他的越級。
掙脫掉危伏兩岸的油菜花，還不夠，
仍有明人低語傳言；同氣候密交後的
閑漢，心領神會於他神經上分裂的劇點，
為外人提供些內需，讓情緒哄抬情節。
他攥緊長傘，漸露的邐迤令內幕陰跌，
而伺機的嘲弄迅速加入樂池，華彩
幾乎要逼迫新的高音。突然，有村婦
加入輿論的焦點，均勢止戈捉襟見肘。

2018.6.10
2022.1.6，改

月塘情婦列傳

一個人被忽略，一個人和另一個通分。
三十出頭，花欲借了小東風。
人到中年也，突然隨浪子，許些山河。
卡車頭內的祕聞，往復外交於姓際，
緩慢敗露著，已棄之敝屣的約書。
但無和化，就必是浪跡天涯。
此地、異地，待謠傳化約進公式，
變成唯物史觀裡，不值的一提。
可贊力公共想像的私奔中，除卻
忘憂的腥風，還理應有器官的乏困。
空轉的馬達搔動脊柱的癢，眼珠
拖泥帶水，有景觀被置頂在窗上：
層巒旱泳，遺夢亦不過另一種苦悶。
不妨補綴幾片迎風翻轉的綠荷，低頭
弄蓮子。而返回如犯規竟只一瞬。
罰下鉅款的二胎，重又刷新小生活。

2018.6.15

快樂的老光棍列傳

樵斧在肩，一片鎏光糊臉，
他已遠走過來到你我眼前。
挽袖粗紋毛衣，出線如出奇。
從此村到彼村，擺渡盎然的
興趣。人生不相見，動如
太空步。奈花都豔豔，隨緣
隨性趣的嘩變。他說某也曾
下南國、走世界，某也曾
賺得煙葉幾片。皮衣身上扣，
來來來，你我亦可忘年交。
他斜笑斜陽搓心的癢，搖晃
蕩出散打的神。在哪裡，
在哪宴見過渠？圓木推讓出
崩塌的楓香，酒無他高舉。

2018.10.22

朋友圈的患癌青年列傳

昔年舊情，尾隨南下北上的人癖，
轉戰朋友圈。適時複製的祝福，
也曾令各路人選，重返少年。
看你我兩分隔，共一片大好頁面，
滬上、東莞，繪祖國山河畫卷。
恍如昨，鄉野上弄潮的摩托兒，
轉出田波稻浪，氽沸騰的流水線。
成功學引渡安裝指南，電光
石火，正能量加載給電動滑板，
給城區奔命的中產。靜態照片裡，
彷彿新興市場藏有你。好青年，
賣力幹，來年爆竹聲聲做老闆，
造天造地造兒孫，造點讚連連。
但信念總揮霍油門，總遲緩。
是引路還是亂入，是坎還是必然？
稍息變質錢，人情已用眾籌慢。
你刷屏謝語轉，轉生命的樂觀面。

2018.10.23

21世紀哪吒列傳

那一夜有探子來報，眾人猶疑，
他拔營便逃。一通喧囂一通搖，
且回首定睛看，將來的未來，
早走的路燈下徘徊。匆匆市道，
湧出待哺的學子嗷嗷。論騁能，
又誰沒個甚南天門、北校門？
殺罰有技巧，夜夜操勞有多少。
縱不似肉夾饃兄弟，收入高，
亦不該輪飯攤頭利索腳。難得
一身好本領，肉串費炭玉米焦。
他翻轉竹籤如吐槽，揮動毛刷，
上油、撒辣椒，雲煙裡劈啪，
似有天庭二維碼。人生若浮草，
發家致富能幾遭？髮型要好，
瀏海須飄，主顧們的關係得搞。
黑街裡繞，生涯練就他的速度，
他的迂迴術。當警報卷土來，
要免栽，要避開又一場無門告。
烤槽兩輪馱，冒出連串的星火，
像流螢紛紛飛腐草。而炭塊
迎風嚎，愈漸鮮紅愈漸使他騷。

2018.11.24

賣藝的和尚列傳

履歷的方圓，限制了雙眼，
似武俠劇裡初闖江湖的少年，
在黃金時段，被番僧撞面。
仿仿佛佛不善哉，金輪不在，
雞冠帽沒戴。遙看皆是胖，
近看白蘿蔔帶泥，應是甜。
問和尚是否斷塵緣，和尚答
等入夜蒙古包見。村溪前，
收割後的稻田向土褐色收斂，
泥水已乾，立頂柱蓋白氈，
一下午的熱鬧，暖場隔岸參。
一聲鑼響一道門開，一張錢
換一筆大新鮮。雜技念經
兩兼顧，要隨喜要目不轉睛。
紅磚摞頭頂，大錘空中翻。
又見他腰繫紅綢緞，鋼筋
戳喉管。就在正中的柱子旁，
一尊佛像且靜觀：彎彎彎！
似乎空降，也要先把好戲看。

有和尚低語坐弄桌壇，坐等
開光、賣珠串，笑迎一片
血脈賁張的臉，像佛法無邊。

2018.11.25
2022.1.5，改

生多了列傳

抓賊，抓住那個偷生的賊。
母親的小腹裡，那些個誰
在摸黑逃竄，在狗跳雞飛？
誰阿妹，下廣東，誰崩潰，
人潮人海中。誰牲口一樣
自累，誰英俊瀟灑又欠費。
撲空，還是撲空，伏擊戰
打成伏牛會，策牛且徘徊。
不如戰友相隨，砸牆揭瓦，
在漆黑的夜，帶月荷錘歸。
抓賊，抓住那個偷生的賊。
當子宮殺個回馬槍，誰解
其中味？是女賊，又是淚。
誰喊了誰，把她往死裡勒，
誰遭不了罪，又丟往了誰，
襁褓飛，飛越大洋做寶貝。
誰怨懟，誰赧愧，誰懊悔？
抓賊，抓不住的賊像有鬼。

2019.11.13
2022.1.5，改

算命列傳

冷面的人躺在席夢思上就濕了，
梆硬的人躺在席夢思上就軟了，
方圓五公里的夢，做著做著
就分岔了。分岔小徑引用風景，
風景中的盲人被油茶樹迎進。
竹杖包漿牽引他，走上橋時
坦蕩，預言時又古舊彷彿過去。
他說看見了、聞見了，他說
先苦後甜，正鋥亮鋥亮地在前。
在兩可之間，在半信半疑之半，
他像個轉接環，為疲憊機器
充上電，充一點三定律的信念。
於是語言啟動了自轉，命數
算出最優解，但天機點到為止。
再一次地，他完成自身的磨損。
在以外之地，在意外的盲點，
他和同伴斷連，以驅啄以狎褻。

2020.6.27
2022.1.5，改

蒸酒列傳

空的集體，空的糧倉。
糧倉滿口黑痰，吐出一團煤炭，
煤炭在大門外的紅土地打滾，
滾出蜂窩的肺，滾回內爆的火。
是這一呼一吸間，竹林善扭腰，
構樹閃躲小牛。小牛虎虎
走進門，撞見青年時的太上老君。
他說喔喲，老友，我的蒸籠。
大膀子光著，滑溜溜有如扛鼎，
穀堆比江東還重又比一枝香還輕，
想飄想逃，他扣上命運的蓋子。
磚壘的灶台於是也有個糧倉，
坐在蒸汽上，穀粒桑拿出汗來。
月兒像蟾蜍擠弄皮上的疙瘩，
他做一個喝飽後的蚊子，他不知
他是危險的他且快樂似黑客。

2020.9.23
2022.1.6，改

殺豬列傳

鏽鉤入頸，眼鉤子直勾人。
從睡如意到必怒士，只相隔
一矮門；從家欄僵到公地，
長嘯爆破本村，盆血熱爔笑談。
死豬不怕開水燙，算而今，
赤條條來去無牽掛，潔白身
渾漫與。待到與她漫步月宮時，
忘卻斜梯倚靠青牆，倒掛
如火箭如發射。羅漢渾圓登場，
敖村似海，浮出他與鐵尖刀。
肉聲沙沙與蠶夢同甜，他動手
解開雙排扣，看彎彎的腸路，
看心肝上的乖乖肉。厚刀斷脊，
紅肌吞力；與其算遊刃有餘，
不如算雄怒轉移。他揮汗落案，
所有分割，像命運的饋贈
早已暗中標好價碼。當他再現，
牽領溫順兒在辦公室前，他
露大悲相，露出佛菩薩樣。

2021.7.28
2022.1.6，改

沒考上列傳

碌碌於趙家山，憂然於見同學
鋤出甜草根與辛半夏，他直起身
一陣涼風暫渡苦悶的眾生
地主的基因三傳，考場三顧
命運的起伏比花生地還來勁
剃髮數理化，躬耕從未忘復讀
革命不是請客吃飯，但考上了
就是。黑色兔子引他進黑洞
黑洞那頭是月的背面黑漆漆
懊悔，像躺在下鋪而揮不開老拳
連老子也對著老生員老生常談
歸來乎，來者可追找媳婦
他翻三作四，仰拍又俯擊
蚊子蚋子多狠毒。他微亮的部分
披著床單在林子深處滑草
世界沒有丟失，只是何時走入

2021.9.21

徘徊列傳

你鼻孔噴著血好像你
奔跑在長滿魚的原野上雀躍
你動彈不得的拳頭抖顫好像你
攢勁到惡龍要來與你搏擊而興奮
你躺在地上破口大罵好像你
乘坐音調的飛毯比變成鬼還難纏
但，棉花糖回來了，爆米花回來了
修車的軍綠衫回來了
賣像章的小鬍子回來了
他們終日無所事事地站著、坐著
魔術回來了，雜技回來了
回來了，溫柔的騙子，優雅的小偷
總是涼風裡，明晃晃的軟陽裡
你望著路口像對著一個洞窟
到處都是默然的事物
而你抱著，你的帆布袋像浮漂
你徘徊於窄地，嘗鮮一樣地
咀嚼舌尖一遍又一遍

2021.10.29

遛彎派

復興公園

受權的老人，匿名的孩子，
潛入花園屬性的人。

圍繞看不見的枯荷巡迴，
花園修正，又點亮。

迢遞而來的被雕刻的黃昏，
懸空的都已捨棄玄談。

花園裡沒有異世的險難，
光影的撫摸讓天空也屈尊。

為了從花園內部看樹的人，
櫟樹親近，帶著近人的溫暖。

掌葉時下落入白平衡。
誰動態了誰？誰來去了誰？

像那些靜謐而起伏的低山，
花園新添著，親歷的金。

2017.11.22
2022.3.20，改

莘莊立交下

酒足了就唱歌，吃撐了
就去看梅，散步、做公園派。

王百萬，我們像群蝨子，
穿過細密如毛髮的樟林。

輕飄飄的，是一個你，
摔得稀巴爛的，是夕光。

莘莊小道撩撥夢幻新人，
三兩土墳彈送舊名片。

都說亦未平的綠浮萍，
都聽羅絲瑪麗跑音。

好一番立樹龍飛鳳舞，
靜候人我間生活的最手。

一株沒，兩株沒，我們過橋，
跟隨王百萬去看梅。

2019.3.9，戲贈王百萬及諸公

與王公看海

雲層中厚重的人味
籠罩性冷鹹濕的郊區

總是去，總是來
總是風中把包裝裹緊

看石化的大煙槍
外地化的湯湯水水

你看這時而淹沒的草
總是相對運動的局

酒瓶子裡一片危機
不會說話了，只客氣了

就低下頭來聽它吹
吹左邊，吹右邊

挺好的腰桿挺直了
挺上相的像挺進海市裡

2019.11.4，贈王代碼

之後

打開乾燥的院門
從空了的城區開始散步

銀杏站在馬路中間青黃
樹瘤攢成拳頭伸出

互不相撞的自行車過路口
暗傳來運動後枯萎的歌

一遍遍從頭相認的詞
漸漸退卻而相擁於倉庫

路盡頭，遠處深林蓄力
路邊的茅草翻開緩升的坡

跳出來一個月亮彈窗
提醒你漫長的茫茫夜

2020.3.5
2022.11.2，改

川沙鎮

下午的狗叼著青壯的忙
柵欄攔住了熱情的小院

本地流失於馬路牙子
三河五河靜靜的幾何

誰沿路塞上菜籽、蠶豆
又是誰，勞動出小鎮

微風的馬駒踢踏面皮
解凍了耳，解凍了光

因此抬頭緩步像老幹部
因此無所事事看飛機

大波音譯了空中來客
尾白默念左紅而右綠

好一片新鮮的未到海
好一陣過肺提鮮的鹽

但還是走在一條老路上
老路修著年代修你我

2020.6.9，憶舊游贈王飛機、存己、瀚瑜諸公

酒事

你在夢中回來
太平洋的風波沒有絲毫
干擾你年輕的面容
朋友們圍坐在一起
沒有主人也沒有誰缺席
有說不行，有說喝不了
但一場酒似乎喝了幾十年
有開頭，有尾巴
中間是一條光滑的蛇
上面只有夙夜分析，只有
解不開的酒精的祕密
因此這樣的幾十年
比起我們擔憂而不能承受的
顯得那麼輕盈，那麼
像爛泥般渾然一體
朋友們和你聚攏在一道
你就老了，你就平靜
在暗風中顫顫巍巍
在板栗樹下踩著小路
有誰的葬禮等著參加
有誰的國度說著不著急

2020.6.18，贈青元及諸友

國泰路

遛出後知後覺的後門，
已是走馬塘地下走馬觀花過。
地上，也是夜色渾如暗流。
不是行人在走，倒是圍牆
走在無數新人上磨出了死皮。
有如白色地龍的塑料管道，
拱開知識的堅硬的傷口。
包裹等待派發，垃圾等待中轉，
而街道發表著重要講話。
我們隨走隨停的耳目，
躍遷於禁地、居民區和科技大廈。
在斜立於對街的一方大鏡裡，
變電器像正審視，做多著
信心的褶皺：還能怎樣變？
筍失敗、棕衣失敗、紫色花失敗，
年輕的肉體緊張著但也失敗。

2020.7.21，贈存己

國定路

放聲歌唱，唱得
微胖的語言濕答答
就讓筷子指引桌子
而杯子回應筷子
就算蒙在鼓裡的鍋包肉
向雄強的中音下手
滴滴答，胸襟濕潤
胸襟開朗成一片三角洲
就讓受委託而來的鐘點
推高舊世界的抗體
語言赤膊，語言翻滾
在地板翹舌的快樂上
一千隻腳有一千個時而
然而一個夜只有一首
破音而勢如破竹
破窗而破開水的惡聲

2021.1.5，憶酒事贈炎石

政修路

你的墮落並不比隔岸來得驚心動魄
腳步放慢些，細看夜色的排水口
乳濁的又有些天真的公式般的情愫
蒼鷺是什麼時候將耐心藏在菰叢
它突然的扇動，像每日逼臨的詩
打斷一片荒草地的孤自，使其緊張
對立於震顫的高架和洶湧的車流
你的快活並不快過老人狂飆的老頭樂
你的危險差不多，近於廣玉蘭
飽含潔白之欲地鼓脹。闊葉油氈樣
枝條結實於胳膊，很容易就忽略
還趕不上那綻開就來不及理解凋敗
從那中間，久久駐足的分散心捕獲
其實是路邊的散步不同於路邊的生活
卡車停在凹處，熱鬧地回收紙殼
它的混亂並不比你的平靜更城門失火

2021.5.28
2022.3.11，改

松花江路

回過去的路需要攀登
我們坐在枯竹的腳手架下
小酒盈杯一握剛剛好
酒精入喉刊發不刊之說
香辣雞翅在烤，魷魚在燒
眼見理頭之業不必貴
但風景中的按摩店消失了
好吃壞了，好月解釋人心
黑街道是情感部門的白手套
潮汗的背不過意思意思
印象就有了點意思，從一條
永恆下午中的鐵軌上開出來
餘暉多了得，嫩手了不得
你的記憶爬得高就像天堂專家
你援引的平靜之美比幽靈還回味
爽風屢試不爽，詞乖者學乖
在那松花蛋般的夜晚
我們坐在高高的腳手架下
回去的路怕不是有些黑暗

2021.6.5，憶舊飲贈存己、大樂
2022.1.18，改

未來饞

贈別

——霧霾時代的抒情詩

起霧弄清音，倒殘瓶，唇齒
兩差池。眉眼間是茫茫世，
意遲遲，蛋打渾天說。胸中
摸索，畫不盡千般容，萬般貌。
步冬門，冬門東，封殺之中
追追，趕趕。遙看街燈自度，
似夢多岐路。空空。高架上，
鐵裡誰，搓手話梅一季晚？
對窗無緒，抬望樓外樓，都滬
廣告仍舊。好暗色，無窮已，
江頭連江尾，淚隱隱於笑。
願同塵與灰，藏心鬼。從今後，
同作天涯噘嘴獸，各各飄。
千里煙波，霧霾沉沉楚天扣。

2017.1.7
2022.9.1，改

過娃娃機

迎風怕客，困無因。沅有芷兮
澧水寒，眉眼盈盈，回首是卿卿。
引春久，炙肥牛，有味半娛情。
更上一層樓，廣廈間間，心茫然。
世人都曉娃娃好，左撳黃，右
搖杆，好力佩張量。兔從寶前落，
雉從梁上飛。兩按猿身提不住，
時尚虎，虎上松。忍者神龜雖瘦，
不及。遭逢際會，貓咪過隙悔。
小恐龍，皮卡丘，呼爾抓出將就。
盛年不重來，力士翻車空嘆息。
似此，人生自古誰無？歸去來兮，
一心抱區區，今夕何夕下電梯。

2017.2.20
2022.8.8，改

演繹

從前，說的就是某個晶瑩而脫齧的時刻。她靈動，有著清澈的眼眸和蹣躚的笑容。他遇見，像闖入一座迷宮。血也亂流，渾身不知所起地發燙。

為了靠近，他苦苦思量、衝撞。像一頭困獸，進一寸有一寸的歡喜。但他發現，不解也隨之而來：每靠近一分，她的美似乎就本能地減損一分。

他太愛了，憂慮便也占了上風。他反覆地將自己推翻，也許該這樣？又或許那樣？當痛苦的必然在長夜降臨，他終於下定決心保持足夠的距離。

春夏秋冬循環，獨處也有了別樣滋味。她的形象模糊了，她的美越發抽象。痛苦在逐漸減輕，關於她的美，他想到的甚至並非占有，而是分享。

她好像又離自己近了，或者說，隨時可能出現。有時是桃花，有時是瀑布，有時她什麼都是又什麼也不是。彷彿只要一抬頭，他就能與她重逢。

在海岸，在河濱，在山前，在崖邊，他感動得流下淚來。淚水飽含讚頌。她已化為一種遍在，他感到，某種近乎永恆的東西，帶著恩賞正靠近。

為此，他奔跑起來。沒有止息。後來，他獲得了一個美名，就叫夸父。

2017.7.17
2023.1.16，改

臨時的詩

非會員的，一經登錄就註銷的，
售票員手裡發出去的單程詩。
聊天的詩，語氣跳著雜耍的詩。
為善男女推窗的詩，觀光著，
面對一切惡勢力體面繳械的詩。
一首不結盟的拒絕放大的詩，
體量和數量都無法偏激的詩。
不能雜交或自交，人工絕育的詩。
一當被複製就原地爆炸的詩，
碎片插進臨時的臨詩。只獻給
此刻的明漪，不獻給下一刻的詩。

2018.1.23

馬尾松

陶罐中的青蛙王子，撐桿抓取花火龍，
噴射出的奇異果。當性感的松油騷動，
當田園派煎至金黃，從分岔口回望，
松針聽見年輪卡頓，而松枝想見一種羽化。
在巨人國公主的長髮上，險拔的溫柔鄉，
宰不盡的羊群啊，和波詭雲譎的牧羊人，
將類人猿愛上，像沼澤裡的明珠愛上蟲洞。

2019.2.22

末日樂園

是遠崖上的迎風開翅，不是俄羅斯方塊
間諜般的墜落，是梭巡於叢林的貓頭鷹猴，
不是口吐金黃橄欖，抓握三叉戟的惡鼠太子。
是一面緩坡捧奉蝴蝶幻景，一片微瀾追逐迷霧蹤跡，
是織毛衣的珊瑚在海底隔著深深念想，迎接兔子的口信，
是乘月再來的小海龜，打著冷顫，為你我沙繪世界的大全。

2019.3.7
2021.7.24，改

坐禪

「口中淡出鳥來。」──《水滸傳》第四回

那只鐘沒有電很久了，
這片區域停住卻無人留意。
禪和子們從經堂騰上翠柳，
吃卻吃不得，酒蟲召喚我。
念動機突突發動，呼嚕聲中
夢見尾隨而來的失望。
好一座條條戒旅盤桓的山台，
渾是佛世界的元器件。
命中駁雜，正是電路複雜，
半山處暴亮的二極管，
且同我觀觀腹中的大地山河。
洒家心頭快活著些什麼？
赤條條像個電子直來去，
也不必理會，那雲中電菩薩。

2019.3.30

讚美春天

讚美春天，像小蹄子一樣讚美，
讚美春天，像老賭狗一樣讚美，
讚美，像神棍一樣讚美，
像吃了十隻毒蘑菇一樣讚美。
讚美，也像讚美偉人一樣讚美，
像古人，像機工和碼農一樣讚美。
為了少數的一些好時辰，
為了難得的感到清晰的豬腦子，
為了豬腦子像台運行平穩的發動機，
踢踢它，你甚至聽不見雜音，
只有驢踢疼了腿隨之起伏的讚美。

2019.4.2

遠遊記

多手狒伸進白象，鼻孔漫長如
無盡萬花筒，緊相隨導盲犬顛步，
熊式磨蹭再燕形貼飛，滑落冰蓋上，
相遇滋味的鹽巴，與翻車儒艮幡然同醒，
那掌心的大拿，和所有未知世界的幻變
被發現不過是癢，是無可轉身時聊慰的電擊。

2019.5.3
2019.12.15，改

這光陰不會逝去

這光陰它不會逝去
的確，易逝的光陰總是太多
朋友間熱鬧的桌面遊戲
劇本裡用力煽情的老舊橋段
或者吃過的美食，到過的風景

很多人輕飄飄地消失
很多事再也沒有分明
數據在芯片上寫入，又擦除
但這光陰它不會逝去
因為我希望，我決定，我計畫

當行道上嘶啞的收音機
鑽過樹葉、爬上斑駁的窗台
就讓記憶的煤塊燒熱夢的鍋爐
讓你躺在我的臂彎裡
像我也這樣躺在夜晚的臂彎裡

讓這光陰它不逝去
儘管那麼多苦惱也環繞著我們
但沙塵會從荒漠席捲到海上
是一場場令人困惑的塵暴
惠贈遠海綠洲迎回海豚的雀躍

2019.9.8，贈ZBR
2022.9.20，改

森林的圖景

獵狗來到兔窩
兔子是軟的
松樹濕嗒嗒
它吮它
嗷嗚嗷嗚地叫：

為什麼過去
是一根昨夜的骨頭
它的味道
回憶時總空空
不斷叫我傷感

2019.9.16

桂花樹

風的嘉賓，雨的黃金
枝杈上我羞恥的億萬顆童心
無知於無數紫黑的小魔瓶
搖搖漫步如學派，在欲墜前
輕喚著，未來之我的聲聲答應

2020.3.20

他飛來

他飛來，腳些崴
他張開，光破壞
一片晦暗斷裂一晚
一條斜線抬高一山
他莫名莫名地干係
他無端無端地前提
欲轉無脖，欲閉無眼
他方塊，他考古
他如此默默地呼

2020.6.29

由你哭咯

在優衣庫，由你哭咯。
此去經年，應是彈窗裡，
性感荷官忘卻了青衫。
青山依舊在，知否，知否，
行程碼上，幾度綠黃紅。
封一城又一城，算而今，
猛鬼將欲行。你我皆煩人，
端坐苦新聞，碎碎樂
都付與產業鏈。指作的盧
飛快，二十六鍵盤劈啪。
八方各異氣，大盜割鴻溝，
活，活在評論的深水區。
聲暫歇，拔劍四顧心拔涼。
世事不勝，儒冠誤身，
不如開窗刷刷三維日落：
君住長江尾，儂好，再會。
故鬼悠游，多情應笑我，
子非愚，安知娛之樂？

2020.9.2，中元夜戲贈王優衣、張存己
2022.4.20，改

贛江邊

月輪像一台內燃機
燔燒著所有關於它的詩句
弧升於江上它輕盈明淨
江面靜黑，另一眼月
從江心投來一道幽幽的凝望
淺水蕩礫灘，泡桐吹暗香
堤堰是一簾長長的幕
隔開不遠處交鳴的人事
永逝中，觸手可及的是
你的上一秒和我的下一秒

2021.7.14，贈ZBR
2021.9.22，改

海邊

來日的光彩從漏斗的細口倒灌
血華與橙香間的瓊凝，水的褶皺中
蓄藏的手風琴將巨大墜落失憶般拉近，

你翩翩的遊走，像末世盡毀中無所事的
漫不經心，那不可說者衰減如螺旋的浮沉，
使你走入作為直徑是爆炸的黃金的溫柔之規定。

2021.8.10

為一位越南僧人而作

那團火像奔湧的爆破音
在風中，形成一把把尖利的寸刃
不，不是你在動
身後人群哀號，有人用手掩著胸口
而你堅坐，如同一尊莊嚴的泥塑

這個世界，懷疑總是太多了
用槍炮懷疑，用政令懷疑
用鼎沸的憤怒用無聲的悲戚懷疑
這個世界本身，也被懷疑著
夢幻或泡影，朝露或閃電

在海港外，海風中我們辯論
一個人到底為了什麼要這樣承受
即使在半個多世紀後
閒適的街燈照著潔淨的街道
痛，還是從一張靜態的照片裡輻射而來

面頰起泡，呲呲冒油旋即燒著
牙齒也許在崩裂，像碎貝
眼皮閉著但眼珠一定努力向外爆

動亂的身軀，爭鬥的身軀
為什麼那樣鎮靜，那樣和背景格格不入？

如果在冰雪裡，死，或許是
沉睡中的一次遠足，走進深林的一步步
但大火首先卻是拷打，死清醒著
猶如菲涅爾透鏡下，堅硬的岩石
被燦爛的陽光一點點熔化

「沒有抽動過一塊肌肉」──看起來
似乎的確如此。你一動不動
任汽油化為最灼熱、最逼厄的凝視
直到這凝視，頗為滿意地離去
你保持著你的姿勢直至倒下

那些可能性被談論著，比如
一個活人能否如此忍耐？一顆心
保持了原樣又能說明些什麼？
所有情形都可被設想，唯一不能懷疑的是
你若虛假你就懷疑，就不必赴死去證明

2021.11.26

未來饞

*

銀河新區
故事北路
破爛的菜
薄脆的當代
終於無欲無求了
像放學路上
光頭的玻璃罐
凌空自轉

*

你若是害怕
你就跑酷他們的墳頭

你若是不怕
他們就張開墓碑的口

*

來了，什麼的坦途
來了，似曾相識的風
來了，又好像去了

向著既虛空又寒禁
像纖瘦的荊棘
長出肉身的新刺

*

我們那清亮如翡翠的相遇
是冷冷的溪水沖刷漆黑少年
令他想起人馬座下的迷途
永遠前世一般再來，雨林一般愛

*

雨有雷
蚊子進來商榷
左腳和右腳互搓

*

樹，樹，樹
影射在心頭
銀河無垠處
沙漠封殺路

*

天空很亮
亮得絕人之路
往前走
和影子較量短長
往右看
和山比比欲望
發明了一扇窗
不得不唱
又怎樣

*

事物的煙啊
裹挾著小傻弟
燻黃了滿口
人生的鑽石

*

造世的挖掘機，挑開經驗的巨堆
揚棄著鮮紅筋肉，高嶺像沉困的鹿臀
而神祕之口，等待著翡翠之鳥、精華之夜

*

這麼多年過去
往系統裡扔的石塊
還是沒有回音

*

天空，被掏得很空
之間
有一個電路不穩的窗台
我痛苦，就像垃圾沒有進入袋中

*

蜂群經營的甜石
拍暈太陽後失去重力的湛藍
你有一次機會，偷偷
站回那永開的大門
龍舌一樣地你吮吸

*

火焰儘早地焚燼
酒精儘早地愁乾

漂亮的舌頭儘早地唱爛
只有枯骨
枯骨有尾行的力量

2019.9.9-2021.8.17

評論
追獵灰燼：曹僧詩歌的語言、話語性和數字經驗

青年詩人、學者　王子瓜

（一）

「柏木像一根探針讀取著風的唱片」──〈在灰坑前〉

　　在想像風的時候，習慣了城市的安穩與狹窄的現代人常常會忘記，漫長的時間中，人類對風的文化記憶絕非那麼溫情脈脈。「風是狂野而純淨的」，歷數諸多關於風的經典作品之後，巴什拉如此談論雪萊的〈西風頌〉：「詩人所追求的正是那存在於宇宙呼吸之中的生命」（《空氣與夢》）。風即是詩，是世界的呼吸、律動。也許它曾帶給你一個完美的海灘假期，在那些浪漫的夜晚它吹拂過你的心靈，你覺得它是如此溫柔、甜美。可它終究是那「偉大的風暴」（里爾克）的一部分。人雖然有限，所幸詩無限，正如偉大的風始終向人敞開。

　　說風是詩，還有更多理由。在詩歌史上，風與詩有著錯綜複雜的聯繫。在〈西風頌〉裡，雪萊寫道：「讓我成為你的七弦琴，如同森林」。後來在〈為詩辯護〉中，雪萊再一次使用了這一比喻，他說詩人就是埃奧利亞的豎琴，「一連串外來的和內在的印象掠過它，有如一陣陣不斷變化的風」，「吹奏琴弦，奏出不斷變化的曲調」。據

此，艾布拉姆斯讀出了浪漫主義詩歌所隱含著的柏拉圖的印痕，他說「〈辯護〉一文中柏拉圖的成分比早期任何一篇英國批評文章中的都要多」（《鏡與燈》）。風／世界－琴／詩人－音樂／詩這一系統性的隱喻，其實調和了柏拉圖〈伊安篇〉與《理想國》中詩學思想的矛盾，它意味著詩固然仍是對實在的模仿，但實在在這裡反過來處於一個主動的位置，等同於蘇格拉底從伊安身上看到的詩神。

　　雪萊的隱喻構成了一種詩歌傳統的框架，它認為世界是本體的同時也是主體，不論它是精神的還是物質的；而詩人則作為一個客體參與進來，成為一個中介以使詩得到表達。這個框架如此廣闊地籠罩了詩歌的空間，當里爾克說「歌是真實」時他降落在了此空間之中（〈致奧爾弗斯的十四行詩〉），當與里爾克旨趣迥異的艾略特說詩人不過是「白金絲」一般的催化劑時他同樣如此（〈傳統與個人才能〉）。這一隱喻框架也影響了萌芽時期的中國新詩，郭沫若在為《雪萊的詩》所作的〈小序〉中接過並逆轉了這則隱喻，他說「風不是從天外來的。詩不是從心外來的……」，西方詩歌骨子裡的那種客體性被忽略了，直到後來當他更切身地參與到革命活動中的時候，他才糾正了自己對雪萊的誤讀。詹姆斯・錢德勒指出雪萊的「風」在更深的層面上本就是時代精神的換喻，詩人則是「歷史的瑤琴」，這或許正是郭沫若後來呼籲革命文藝青年要「無我」、「當一個留聲機器」的詩學來源。[1] 不過郭沫若早期詩歌的影響是如此巨大，它們使雪萊的隱喻框架始終以一種變形的狀態留在了中國新詩之中。即便是與里爾克神思相通的馮至，他筆下那面試圖主動「把住些把不住的事體」的「風旗」，也本質上改寫而不是複寫了里爾克那面被動地「忍耐」著「從四方吹來」的風的旗子。

1　參閱王璞：〈抒情與翻譯之間的「呼語」──重讀早期郭沫若〉，《新詩評論（第十八輯）》，謝冕等編，北京：北京大學出版社，2014年版。

無人可以避開這場「偉大的風暴」。回到本節開頭所引的曹僧的那句詩，柏木與風依舊生成著音樂，但風和唱片在這裡是一體的，沒有本體與媒介之分；接下來則是「雲的詠嘆中陣陣鯨歌翻躍」──世界無須其它中介即可自我表達，世界本身就是語言，世界的形式是一種語言的形式。這裡所透露出的詩學觀念與雪萊的體系截然不同，它意味著另外的來源。

（二）

「飛鷹在半空被借閱」──〈當雄〉

包括郭沫若的變體在內，雪萊的隱喻體系中音樂／詩從未獲得本體的位置。那是屬於另一詩學體系的主題，是「為詩辯護」的傳統從對詩之「真」與「善」價值的闡釋逐漸轉向對詩「美」之獨立性的堅持的產物，它在馬拉美的純詩構想中曾得到經典的表達。在回應德加的抱怨時，馬拉美說詩「不是用思想而是用詞句來寫」[2]。語言自律的觀念占據了另一個極端的位置，強調著詩歌自身超然的合法性。在〈海風〉的結尾，馬拉美暗暗與雪萊較勁，他把風與音樂對立起來，一邊是傾覆了船隻、沉沒了桅檣的風暴，與之相比彷彿一切都不是實在，堅實的島嶼也虛無起來；另一邊則是歌，唯獨它沒有參與到風暴中，因為它正是另一個獨立的世界。通過「我讀過所有的書籍，／逃遁！逃向那邊！」馬拉美給出了這一體系的核心隱喻系統：語言是實在，世界只是語言的喻體。他說，世界被創造出來，實質上就是為了達到一本美的書的境界（〈關於文學的發展〉）。在郭沫若的時代，

2　[法]瓦萊里：〈詩與抽象思維：舞蹈與走路〉，鄭敏譯，《二十世紀文學評論（上）》，上海：上海譯文出版社，1987年版，第434頁。

語言自律的觀念借由聞一多之手扎根下來，構成了中國新詩的隱性基因，並在八十年代以後的當代詩歌中得到了狂熱的表達。聞一多把天空視為「淡藍的朵雲箋」，把榆枝視為「鐵畫銀鉤的草書」，「彷彿一個出神的詩人／在空中編織未成的詩句」（〈春之首章〉），此中世界－語言的隱喻結構遺傳到了當代，朱朱寫道：「詞語……羽翎般飄零，隱沒在／里希滕斯坦山打字機吐出的寬如地平線的白紙」（〈隱形人〉）。

　　不過細究起來，〈在灰坑前〉與當代詩的小傳統仍有微妙的不同。這首詩沒有給詩人主體留下位置：風已然是一部完成了的作品，雲兀自詠嘆。這就和強調「寫」與「表達」的一脈當代詩歌拉開了距離，後者的關鍵概念由張棗命名為「元詩」（〈朝向語言風景的危險旅行〉）。在聞一多和朱朱的隱喻結構中，詩人主體是重要的，世界固然是語言，卻是未完成的語言，等待詩人提筆。曹僧在他的詩論中卻一再強調「詩是認知」（〈詩作為全文體〉）。〈當雄〉一詩中，「飛鷹在半空被借閱」，一種複合了客體性的特殊的「寫」、一種反過來的「寫」、作為「閱讀」的「寫」，被隱藏在生成詩歌的奧祕中。

　　〈在灰坑前〉的末尾，詩歌提示我們應該使用「文本」的概念來指稱這一改變，世界是一種初具形體的文本，而不再是流轉不息的語言。偉大的風吹到了此刻，而「草鈴鐺輕晃將空白句讀」；周圍沒有詩人，只有亡靈沉默著觀看這一切，像過往時代的立法者。

（三）

「詞的欲壑在尋找冰川」——〈冰川〉

　　世界是一種文本，這並非修辭，而是現實。即便是十年前，一個

人也無法想像今天信息對人類社會的占有是何等的深刻。在餐桌上，在地鐵裡，在失去總體性的生活的每一個碎片之中，一塊塊液晶屏與芯片構成了都市生活最廣闊的風景。被商業廣告、網路俚語、宣傳文件、行業黑話乃至基因編輯工程、計算機代碼與深度學習算法所包裹，語言的工匠遲遲沒能發現他其實技不如人。

　　語言對於詩歌來說究竟意味著什麼？如果不釐清這一問題，當代詩將永遠在內容與形式、情思與修辭、口語與學院的饒舌迷宮中打轉，而這迷宮的高度甚至不及詩歌的鞋後跟。語言是否不過是詩人的工具？對語言的探索是否僅僅是孤立的、技藝層面的探索？磨練語言的詩人是否是一位修辭家？構詞、句法、節奏的種種嘗試，是否可以被最終完整地歸結到更新抑或復活詩歌傳統乃至漢語的瑰麗夢想中去？

　　傅柯在《知識考古學》中提到的問題值得被當作這一時代的箴言：「誰在說話？」自誕生以來，新詩的語言問題從不是一個單純的文學議題。如胡適言明的那樣，白話詩的革命與國語的塑造有關，「有了文學的國語，方有標準的國語」（〈建設的文學革命論〉）；而這種語言變革，如魯迅所強烈意識到的那樣，對思想革命、社會變革也起著決定性的作用[3]。在此基礎上我們必須進一步看到，文言到白話的變革本質上是話語方式的一種民主化的轉變，是將自由表達的天賦權利交還給每個個體的過程。七八十年代，朦朧詩的「崛起」繼承了白話詩的這一語言原則，它們對當時社會文化話語體系的衝擊不亞於當年的白話詩（反過來，我們也常常低估了白話詩的「怪異」程度）；稍後的第三代詩歌則是更為澈底地貫徹了這一原則，在「pass北島」、「拒絕隱喻」、「反崇高」這類否定性的詩學口號之中，不難發現那種打破言路桎梏的衝動。一代人有一代人的現實，北島、芒

3　參閱王風：《世運推移與文章興替》，北京：北京大學出版社，2015年版，第9頁。

克們並非真的造成了某種詩學的壟斷，問題僅僅在於留給他們書寫的時間太少，時代浩蕩，八十年代生活世界的巨變需要新的言說方式來對稱。從這個角度來看，中國新詩的根本原則從來沒有改變過。語言自律旗幟之下的詩人看似是異數，他們試圖創造一種絕對超越性的神話；但那只是一廂情願。語言自律觀念最大的問題，就是將語言與現實抽象對立起來。這些詩人曇花一現，如今留給他們的空間再一次所剩無幾。

（四）

> 「同作天涯嗽嘴獸，各各飄。／千里煙波，霧霾沉沉楚天扣。」
> ──〈贈別〉

　　曹僧已經寫了十多年的詩，他博思而多產，在當今青年詩人之中他的寫作經驗堪稱豐富，風格更是獨樹一幟。在上一部詩集《群山鯨游》（2017）中，曹僧的詩歌天平漸漸從經驗傾向虛構，從工具語言傾向純語言，仔細地考究詩歌的聲音、節奏、詞與句的構造。即便在曹僧近期的作品中，過去的議題依然存在，甚至是十分重要的。在〈贈別〉等作品中，一種對「漢語性」的探索通過對古文、古詩詞語言結構的借用展現出來。〈贈別〉採用了一種類似宋詞的語感節奏，也直接改寫了一些名句，並將它們合宜地安排在現代人的生活場景之中，「同作天涯嗽嘴獸，各各飄。／千里煙波，霧霾沉沉楚天扣」，為一種孤獨而又詼諧的複雜現代感受疊加上漢語特有的悠遠。〈過娃娃機〉則不僅改寫唐宋詩詞，更將先秦兩漢魏晉詩篇的古典要素融合到輕巧的現代情境中：「小恐龍，皮卡丘，呼爾抓出將就……歸去來兮，／一心抱區區，今夕何夕下電梯。」這些作品完成了純粹語言的

遊戲性，同時也有著明晰的激活古典漢語、甚至是以古典漢語的某些優勢來矯正現代漢語某些缺陷的意圖。「野先驅」一輯裡一些讀起來略有些佶屈聱牙的詩，如〈沙漠〉、〈賀蘭〉、〈大榕樹〉、〈禁山〉、〈候鳥〉、〈廢渠〉、〈太行〉等，同樣有著建設更為「健康」的現代漢語的考量，這些作品通過借鑑古文（而不僅僅是古詩詞）的構詞和造句方式，來為現代漢語捕獲更多的精確性和強力語勢。在詩論〈新詩的問題意識〉中我們可以看到詩人對此類問題的闡述：

> 歐化語法的引入，曾為現代漢語帶來邏輯性、精確性、自我辯駁性，但這些品質在關聯詞、語助詞的富營養化下，也會滑變為優柔寡斷、拖泥帶水、行為無能。一方面，要做到讓今天的表達像古詩文一樣擲地有聲，雄強地喊一大嗓門，並沒有那麼簡單；另一方面，在完備語法的道路上，今天走得卻又不夠極致，並且還有開倒車的趨勢……

不過在另一方面，《野先驅》中的曹僧對詩歌的「語言工作」有了更多的反思。詩集中寫作時間最早的幾首作品集中體現了這一轉折。從寫於2017年的〈寫給繆斯的景觀〉、〈後花園〉、〈縣道〉、〈憶登華山〉等詩中，讀者不難捕捉到一種強打精神的疲倦感。句號接著句號，每轉一行都像是在翻山越嶺。這種「瀑布般獨斷」（〈通靈大峽谷〉）的節奏揭示了這幾首詩表層的「驚喜」背後的否定性。如果大致上以它們作為分界線，這種否定性就構成了曹僧個人寫作史第二個階段的基點──對經驗與虛構的雙重厭倦。這四首詩都在表層講述了經驗相對於虛構的有限性（「油茶樹林……低於詞語的高度」、「我所見的已被無數次見過」、「擺脫經驗之林的術」、「躲入……語衣」），但又都內含著更深一層的對最高虛構、語言自律的

自我否定（處於被放牧狀態的「我」、「鬼門關」、「受難」、「單薄的語衣」）。因此如果〈傳記〉（2015）時期的曹僧仍是一個強調「重要的……是說」的現代主義者，2017年則大體上是這位短暫的現代主義者進行自我批判的過渡階段。所謂的批判，並非是指出某種謬誤，而是因為看到了更高的整體性從而認識到過去的局限性。這一批判超出了個體的範圍，而指向了對於新詩某一側面的總體性的洞察：每一次潮流湧起，中國新詩的核心原則——那種類似「我不相信」的話語性的原初衝動，總是在最具創造力的個體那裡短暫地閃耀，而後它將經歷新一輪漫長的遺忘。利刃的寒光鏽蝕，沉入驕矜的潭水。

（五）

「看旋轉中的最梅，和最世界」——〈最最〉

　　或許也是受教於這個越來越多地呈現為文本狀態的世界，《野先驅》中的許多作品，尤其是「字典詩」一輯，為語言的匠心增添了一層嶄新的話語的視野，找到了一種獨特的方式來維持話語的衝動，別出心裁地實現了對語言自律的克服。這些詩不再另起爐灶畫下屬於自己的話語牢籠，而是更加直接地以我們時代複雜的話語現象作為工作的原材料。「字典詩」中的第一首詩〈最最〉十分典型。這首16行的短詩中「最」字出現了37次，彷彿一場「最」的狂歡；閱讀它則如同觀看一場戲劇，主角就是「最」這個字，不同來源的「最」們在詩中眾聲喧嘩，構成了詩的複調。僅從語言的技藝層面來看，這首詩在頻繁的重複中保持節奏的活力、邏輯的曲折與連貫、意義的多元、語言的愉悅、形式的整飭，其難度已然在一個很高的台階之上。但這些與此詩最具創造力之處相比都顯得無關緊要。在〈詩作為全文體〉一文

中，曹僧講述了〈最最〉背後的思考：

> 幾年前，電視廣告中風行一種宣傳手段，就是在產品前加上
> 「最」字，大抵如「最適合中國寶寶的奶粉」（此處或可聯想
> 一下「三聚氰胺」）之類，後來一紙禁令，把廣告中的「最」
> 給取消了。仔細分析，這實在是有趣：背後站著權力的強勢話
> 語壓制了背後站著資本的強勢話語，但這還沒完，廣告商們
> 聰明得很，紛紛改用了類似「領導品牌」這樣的說辭——管
> 它滄流變化，與話語糾纏的權力結構像一隻隻螞蟥始終吸在腿
> 上……

> 詩是認知，它既包含對話語之政治性（由上下級關係在其中
> 占主導地位或居於主要關係）的去蔽，也包含對話語之公共
> 性的重新發現。

〈最最〉一詩以一種鮮明的反諷語調揭示了流行於強勢話語之中
的「最」如何是一場騙局，它在個體的思維運作中又是處於一種怎樣
的荒誕狀態。意味深長的是，這種效果的達成借助了兩個絕妙的方
式：一是通過高度重複的方法來戲仿強勢話語的形式，因為高度重複
正是強勢話語最核心的信條，此刻營銷部門的戈培爾們依然踐行著
它；二是通過漢語自身的漏洞來完成整套反諷：正是在「最刀」、
「最炭」、「最音」這些看似語病的詞語結構中，「最」的話語向我
們透露了真相，它其實完全不需要任何意義的內核便可以運行，它調
用的是被話語牢牢掌控之下的迷狂的精神。
　　〈最最〉以外，還有〈哈哈哈〉一詩對網路流行話語中「哈」的
修飾作用的呈現、對其流行背後所依託的那種道地的國民性格與氣質

的洞察；〈淘〉對「淘」字在傳統文人、市場邏輯、電商廣告等多套話語體系中流轉、增殖和變異過程的聚焦，對「淘」如何變得不再創造意義、如何在資本的引用中成為了一種空洞的形式的揭示；〈新的〉〈豪大大〉等詩對以「新」、「大」等時代關鍵字為中心的各成體系的強勢話語的分析和反諷……曹僧的這批作品扎入了當代詩的一條少有人涉足的小徑，在這裡詩歌不再是根本上對抗既有話語的另一套話語，而是一種根植於既有話語的話語批評；詩人原本是語言的弓箭匠人，現在他變成了一位話語的獵手，手握語言的弓箭終日搜捕當代生活五光十色的話語景觀；他有匠人的耐心和獵手的敏銳，無論如何，他要確保他的小鎮裡無人比他更瞭解那些炫麗、可怕的獵物。

（六）

> 「新聞導播了新火，而老油條／新話怒放，新編著新世紀」──
> 〈新的〉

　　批評，按照伊格爾頓的說法，恰恰體現著一種客體性，批評家是「接受而不是發明所有語言的核心……是一面鏡子，鏡中形成了這個著了迷的自成像」，而詩歌則因「感同身受的想像」的確一度成為「對生活的批評」，「是對既定社會現實做出可以想像的最為絕對且根深蒂固的反應」（《批評的功能》）。這種以關注、分析和批評既有話語為己任的「話語性」的詩歌寫作路線，雖然是一條少為人知的小徑，事實上在新詩乃至新文學的場域中早有一些重要的探索可資參考。這裡面首先無法避開的，就是魯迅的雜文。
　　像薛毅分析的那樣，魯迅的雜文「首先不是關於『事實』的話語，而是關於『話語』的話語」，「魯迅非常故意地讓『他人的話

語』潮水般湧入自己的雜文中」，「從『引語』對事件的談論中發現『引語』潛含著的聲音，那種暗含殺機的、將中國人不當人的心理。」最終，魯迅的雜文得以作為一種「反話語」而從「文學藝術立場」中跳脫出來，後者在魯迅看來是控制著文化話語權、言論傳播管道的唯一的話語，迫使著大多數中國人保持沉默。[4]

魯迅的雜文有兩個重要的特徵：其一當然是「雜」；其二則是文本與「新聞」的親緣關係。這兩個特徵常常被理解為某種風格化的東西，某種特殊的形式因素，比如議論或文體的雜糅；或是被簡單地等同於對複雜現實的即時反映。必須看到，這些現象的背後是一個開始逐漸「話語化」的世界。正如姜濤在討論穆旦與袁水拍的時候所強調的那樣，四十年代以後兩位詩人的寫作中都出現了魯迅雜文的影子，這一因素本身脫不開一種「新聞感性」：雜文「發生於上海特定的媒體環境中。借由對各類晚報、小報素材的剪裁、拼接、挪用，一種潑辣的『雜文的詩學』才得以形成」，「報紙馬賽克版面上的那些社論、專欄、花邊新聞，正像雜文作者的交感身經，一根根延伸到了公眾世界的各個角落。」[5]

魯迅的這一寫作方法論在四十年代通過穆旦和袁水拍的借鑒而引入到了新詩之中，這是中國新詩可貴的另一組隱性基因，它一直以來並未得到程度上可與其它基因等量齊觀的表達。在九十年代中後期，張棗在他的〈跟茨維塔伊娃的對話〉等詩作中展現出了鮮明的話語意識，懷著建設一種「文化帝國的語言」的構想（〈環保的同情、詩歌的讚美〉），張棗試圖發掘一種使一切話語形式都轉化為純詩形式的

4　參閱薛毅：〈反抗者的文學〉，《「左翼文學」研究讀本》，徐志偉等編，桂林：廣西師範大學出版社，2017年版。

5　姜濤：〈「是你們教了我魯迅的雜文」——由穆旦說到袁水拍〉，《文藝爭鳴》，2018年第11期。

方法；在當代詩歌場域中，姜濤、韓博、王璞等少數詩人的詩歌對新聞、廣告詞等話語保持了強烈的興趣，他們的工作無疑將給後來者以啟發；許德民則是另一個極端，他的詩歌致力於一切話語的毀滅。曹僧本人對魯迅以來的這一寫作脈絡有自覺的認識，對魯迅的雜文也有他獨到的理解（可參閱曹僧、陳家坪：〈詩其實是一種公益——青年詩人曹僧訪談〉），他這批「話語性」的詩歌同這一脈寫作意氣相投，它們高密度地展示著某些話語在當下顯現的種種形式。通過意料之外的並置，矛盾和荒謬從話語自身中生發出來。對話語的關注使得一個現代主義者發現了「語言自律」只是一種幻覺，同時他也發現了一個新的更為廣闊的領域，可以施展他對於語言的抱負。話語性的寫作不再是單單針對某些事實發表意見，不再以單純的客體世界作為他的領域，而是引入了更多的同樣帶有實體性質的、攜帶了種種權力結構、階級意識、生活世界的話語，如此一來，同樣是語言形式的詩歌就具備了它無可替代的優勢，詩歌的工作也就有了更為明確和富有意義的內容。

　　時逢世界話語化的狀況日益深刻，曹僧詩歌鮮明的問題意識、富於創造力的寫作方法論和活躍而又嚴謹的形式製作，使我們看到中國新詩的一種幾乎未曾開掘的潛能。然而話語景觀只是當代世界諸多炫目現象中的一種。在此以外，曹僧的詩歌中還存在更多意義非凡的主題。

（七）

　　「看你我兩分隔，共一片大好頁面」——〈朋友圈的患癌青年列傳〉

「經驗貶值了」，班雅明如此警告：「經歷過1914-1918年的這一代人……他們沉默著從戰場歸來」（〈經驗與貧乏〉）。他會如何看待今天呢？在我們賴以生存的液晶屏幕中，節日的歡笑無縫拼接著另一群人的呼救，美顏鏡頭之下盛世鶯歌鳳舞，而評論區外六月綴雪，連篇累牘的日常瑣屑掩映三兩黃鐘大呂之聲被拇指彗星般劃過……一切似乎都在發生，但當你熄滅屏幕，霧月當空，四下杳無人聲魅語，只有身體空空如也如同地球孤懸，向日某刻的壯懷激烈都付與抽水馬桶，所經歷過的一切都不比臥榻上的睡夢更真實。今天經驗已然破產了。在班雅明的後面，阿甘本寫道，現代人所經歷的娛樂、單調、苦惱或愉快「沒有一件是可以變成經驗的。」（《幼年與歷史：經驗的毀滅》）終日為震驚感所轟炸的人不再有能力理解事件與歷史的整體，只有炫目的光影燙痕般印刻在近視的視神經；遠方的奇跡不再令人心馳神往，災難也同樣不再令人觸目驚心，因為它們都是觸手可得的資料，在某種庫房中等待查閱，與之相鄰的是鬆散、堆積如同紙屑灰燼的奇跡們和災難們。蒼穹之上超絕的律令已被理性之光驅散，人世萬千峰谷皆成平原。「他們『吞噬』了這一切──『文化』、『人』，他們吃得過飽，疲倦了。」（〈經驗與貧乏〉）除了「轉生命的樂觀面」（〈朋友圈的患癌青年列傳〉），除了忘記「真理的味道」（〈另一種生活〉）之外，我們又能如何呢？

在兩首講述「燒樹」故事的詩中，曹僧向我們描述了一種恐怖的失語狀態。樹一如我們的語言，它以經驗為根基，「有它古老的語法，／一些詞彙因奇遇而被更新」（〈燒樹〉）；然而今天它遭遇了浩劫，「恐怖的事情已經發生」（〈仁慈上帝決定第二次使用第一推動力〉）。後一首詩呈現了一種神經學意義上「超限刺激」（hyperstimulation）的情境，主體陷入佛洛伊德所說的「創傷性情狀」（〈禁斷、症狀及焦慮〉），在過度的驚恐中出現了短暫的語言

錯亂：「火苗燙碎了月光光」、「蜜蜂……留下了蜜／和強迫症的六邊形」、「寸草站到石頭尖／攢了哀怨的幽暗／抱緊五個指頭／抱緊著哭泣」。即便「我們有全部的錄音」，回顧依然不能讓這一切安然消化，在反覆重播中我們只能聽見自己的聲音，而發生過的一切依舊處於「不能描述」的狀態。人所餘唯有不竭的「描述」的意志，他徒然攥緊的雙手中，經驗的灰燼時光般逃逸。

（八）

「你問手機是否也做更新的噩夢」──〈週末〉

　　在最不可能書寫的地方，在過去文學的荒野地帶，以書寫為天職的獵手在分辨獵物的蹤跡。班雅明將傳遞經驗視為故事的特權，與之相對的則是新聞和消息，那些基於新媒介而病毒般增殖又轉瞬消亡的經驗碎片：「消息的價值曇花一現便蕩然無存。它只在那一瞬間存活，必須完全依附於、不失時機地向那一瞬間表白自己。」（〈講故事的人〉）然而消息一次次隨風而逝，瞬間性本身卻成為了經驗灰燼之中的鑽石留存下來。數字時代的詩人生長於另一個故鄉，他必須意識到正是這些相對性的碎片構成了這個文明的史詩，如曹僧所寫，這史詩將不再屬於荷馬這樣的作者，而是會印上「盒馬牌」的徽標（〈張江高科〉）。曹僧構想了一種「臨時的詩」，它「拒絕放大」、「只獻給／此刻的明漪，不獻給下一刻」（〈臨時的詩〉），然而也正是因為這種澈底的臨時性，詩歌所對位的消息的臨時性被消解了，因為那一度專屬於故事的、教誨和聯繫的功能在兩種臨時性的對位中被發掘出來。有時這種對位拆穿了碎片的某種偽裝，「在最新的事物上，籠罩著／最古老的黑暗和敵意」（〈張江高科〉），有時

它則指向了對於瞬間性本身的長久凝視，並從中不可思議地辨認出家園的輪廓：「陪伴你坐著，在數據中心／星星閃爍」，「用我的電，和你的電相聯」（〈數據中心〉）。

在這一詩學意識之下，一種奇異的、混合著話語碎片與經驗碎片的、對位於深度數字化的媒介體驗的詩歌文本被生產出來。〈切！〉以曾廣泛傳播於各大流行視頻網站的網紅「竊·格瓦拉」的故事為藍本，從這一被人們反覆消費的符號碎片之中，詩歌找到了「切」入歷史的切口。通過「從南美到南寧」所引入的一組對照，這一波普化的符號被安置在了經驗之中。與之應和的還有關於自稱「渾元形意太極拳掌門人」的馬保國的〈高手〉等。〈賽車遊戲裡的女孩〉、〈西部遊戲〉等詩則試圖探索電子遊戲在精神生活中更豐富的可能性。〈賽車遊戲裡的女孩〉描述了一個某種意義上來說「迷路」了的玩家——他沒有按照遊戲設計者所規劃的玩法去體驗競速的快感，相反他停了下來，長久地困惑於虛構卻又如此真實的一切，碎片就這樣意料之外地被偷換為經驗，他在困惑與痛苦之中獲得了自由，他的方向盤恰如「卓別林的手杖」，「超越了該物件的性質原先所定下的使用疆界……將每一個空間能指轉變成了其他的東西。」（德·塞托：《日常生活實踐》）一種專屬於數字時代的經驗獲得了它可以生長的形體。

對新經驗的熱情，亦是中國新詩發展的原動力之一。從詩歌與經驗的關係來看，如何寫詩就意味著如何看待世界。在新詩的前史裡我們能夠清楚地看到，當世界發生了質變，晚清語境下的詩人或選擇恪守宋詩法則、講究用典，或像黃遵憲把輪船、電報寫進了詩歌，一時引起爭議無數，而今視之，後者的技藝和膽略顯然更加令人尊敬。黃遵憲〈今別離〉中的一段詩留下了時人面對輪船與海的感受，記錄輪船的速度與海的淡然之中新經驗那無情的一面：「送者未及返，君在天盡頭。望影倏不見，煙波杳悠悠。」黃遵憲的主題以相反的方式在

後來的新詩中反覆回蕩，在胡適的〈一念〉中我們可以看到，曾作為碎片的速度已然被理解為一種樂觀的經驗。這中間詩歌歷經了多少「表達之難」？經驗再也不會自動走入我們的內心了，必須付出艱苦的努力才能獲得它。在一代代詩人朝向不可能的書寫之中，我們看到了人類的勇氣和稟賦。

　　〈在海鹽〉一詩中，我們跟隨詩人來到海邊，來目睹屬於我們的大海。這一曾如風和月亮一樣生而為詩的事物，如今所喚起的卻只有全然的陌生感。我們既有的經驗毀滅已久，如今它不是那個可以「相對流淚的海」，也不是那個可以「向海復仇的海」。這是一個適合於以屏幕中「朋友的刷新」來理解的海，一個垃圾的集散場所，會有海鳥偶爾俯身捕食這些可憐的塑料。這片海由每一片躍動又轉眼無影無蹤的浪花構成，歷史似乎就在這裡停下，世界閃閃爍爍，未來晦暗不明，海風不再吹送浪漫與安慰，輪船不再帶來夢想，目光所及只有一串與我們無關的鋼鐵材質的數字緩緩駛向海平線。固然這海仍是美的，這朵「破碎之花」正是「惡之花」的一種變體。但這美卻不是我們觀看它的理由。我們仍然觀看它完全是因為這是我們的命運。

2022年11月

代後記
詩作為全文體

曹僧

　　談論詩觀的最大風險，不在於粗疏錯漏，而在於稍不留神將一時的誇誇其談奉為圭臬，最後走向了「積重難返」。在無關者看來，這個成語所講述的也許只是又一種令人印象深刻的笑話。而對詩來說，這其實是一種悲情：活者系統與時間機器總是在進行慘烈的拉鋸戰。當無可遏止的崩潰到來的前夕，它甚至衍生出一種厭倦，某種無可無不可。因此，不斷地自我辯駁是必要的，儘管它並不能為結局打下包票。

　　對於要求寫詩具有風格的觀點，或許應當暗揣狐疑。在電影《藝術家》裡，為了讓女主角顯得與眾不同，男主角設計了一顆假痣，這使其大獲成功。我們必須承認，所謂詩的風格，同樣可能存在精心的偽造——好萊塢式的夢幻泡泡總讓人陷溺。借鑒當下技術中最普遍的辨識手段，人臉識別也許能帶來一些啟發：輪廓、線條以及那些或大或小的部件並不足以單獨生效，重要的是由所有部件組成的幾何構形。但假如有人天真地以為可以開發出一種詩的面容識別的話，就必須提醒他別忘了，過度談論也有墮入「天賦分析法」的風險。那些也許拐出了事業和桃花的命理線的確早就存在了，但還有許多的線條沒有呈現呢：誰能說清楚現在紅光滿面的詩，在日後更多地生出來的，到底是生人勿近的法令紋還是慈祥和藹的魚尾紋？

　　這個話題因此可以導向另一點本應成為共識的信念：多相信詩的中年、老年而少相信詩的青年。蔣捷的〈虞美人・聽雨〉中暗含了一種詩與生命同步的狀態：生命是個漫長的整體工程，誰能擔保不會經

歷幾起幾落？詩，也同樣如此。「走正道」並非一種出於道德條例的
要求，而是一種方法論上的要求。它意味著要耐得住性子，要相信科
學的規律，相信實驗能力而不是實驗結果。那些在年紀輕輕時就寫出
的深奧和悲憫，又有誰能保證不是某種學術造假？而多嘗試的目的，
除是為了免於寫作的客套，免於穿著馬甲、拿著腔調，還是為了持續
地保有能跟得上心智成長的書寫能力，當然前提是心智有勇氣和毅力
去健康地成長──這點其實更難。

　　如果要給詩定個性，應該說，詩是認知。不管是抒情的、敘事
的、論辯的，還是遊戲的、表演的、打趣的；不管是一本正經，還是
鬼話連篇，都不過是認知的化身。詩的自由使其內部甚少先天的技術
障礙（至於書寫面臨的經常性窘境，多半並不能歸咎於此，它們的債
主常是能力不足，而與詩無關），它因此能迅速進入正題，直面另一
些真正充滿吸引力的心智層面的「障礙」。詩是一種有涯對無涯的求
索，一種熱衷於冒險而非健美的「體育」。它有它獨特的方式，通過
詞、通過語言、通過話語。

　　詩有時移形換影看起來走得很遠，但詩對「詩和遠方」論者說，
去你的吧，改一句歌詞送給你：「詩在腳下」。沒去到的西天不是
詩，離開了的東土大唐不是詩，九九八十一難才是真正的詩，千奇百
怪的妖精才是真正的詩。在話語增殖的過程中，話語閾值不斷提升，
於今為甚。舉網絡聊天為例，一兩個「哈」字如今已無法將高興言
表，單一個「哈」帶有某種漠視，「哈哈」則似乎意味著聊天已進行
到自然結束階段，「哈哈哈」勉強接近但仍顯敷衍，結果只有一長串
妖孽鬼畜的「哈」才能顯得底氣十足。對待這種閾值的變化，詩抱著
觀賞的趣味，或者呈現個中隱祕的曲折，或者推波助瀾加速話語的崩
壞，讓塵歸塵、土歸土。好比超新星，不斷地向中心塌陷，最後因反
作用力向外爆發，拋散無數物質於太空。

　　話語中的精彩，就是「最喉舌裡有最花瓶」（〈最最〉），而詩值得更「最」一些。幾年前，電視廣告中風行一種宣傳手段，就是在產品前加上「最」字，大抵如「最適合中國寶寶的奶粉」（此處或可聯想一下「三聚氰胺」）之類，後來一紙禁令，把廣告中的「最」給取消了。仔細分析，這實在是有趣：背後站著權力的強勢話語暫時壓制了背後站著資本的強勢話語，但這還沒完，廣告商們聰明得很，紛紛改用了類似「領導品牌」這樣的說辭——管它湍流變化，與話語糾纏的權力結構像一隻隻螞蟥始終吸在腿上。在其他隱祕的層面上，「最」更是顯示出了詭辯的豐饒感：本應帶有某種不可及性的「最」，以一種不可抗的方式被展開成了不可及性的反面，但「最」巋然不動。

　　詩是認知，它既包含對話語之政治性（由上下級關係在其中占主導地位或居於主要關係）的去蔽，也包含對話語之公共性的重新發現。與其把審美當作談詩的條件，不如把認知當作談詩的底線。不幸的詩常像不幸的人一樣，總是不得已地陷在二元對立結構中，反覆窄化自己。真正的詩兀自生長，既不講求成本，也不講求效率。應該說，詩是一種公益、一種環保主義，是另一種「兩間餘一卒，荷戟獨彷徨」。

　　詩是對付問題的，當然這不要求必須解決問題，詩也沒辦法解決詩之外的問題。但詩行的跳躍同構著當代經驗，那些空白裡，不僅包含著驚奇和意趣，也包含著驚悚和疑懼。一條牛仔褲，從種棉、摘棉、紡紗，到製衣、銷售，有關乎詩；一則條文，從提案、審議、表決，到公佈、執行，有關乎詩。一首詩頂多能對付好一個問題，想要的太多，失去的就更多。問題有很多種，有些是偶然的問題，有些是必然的問題；有些是被迫的問題，有些是發明的問題；有些是舊債的問題，有些是未來的問題……這樣的問題、那樣的問題總是很多，活著不就是不斷地對付新問題麼？——儘管有時也只能是無奈地「對付對付」而已。

　　嬉笑怒罵皆是詩。警惕桃花源，警惕苦哈哈小鬱結，警惕一切煽

情。同步於詩的書寫者，在精神上理應首先是一名世界公民（非人類中心主義的那種）；而詩，因致力於對付任何問題，所以必須解放自身而是全文體的。文體之森嚴的背後，藏著功用心，藏著對成本、效率的周全考量。說明文的簡潔明晰、賦文的繁冗綺麗，公文的嚴肅正確、廣告文的活潑誇張……看似或此或彼，功用心實則一也。文學中的「跨文體」當然早有說頭，比如「散文詩」、「小說詩」等等，但仔細想想，這並未打破區分，反而是對舊有範疇的一種僵硬強化：倘不是認為某些內涵該固定地歸於「散文」或「小說」，何以會發明這樣的說辭呢？不如停止以「物種」思維去對象化詩吧，詩值得我們用「生態」思維去尊重。詩很包容，你跟從它巡遊它的內部，面對那些似曾相識的存在你不知道叫什麼好，於是憑感覺描畫出一些局部：歷史的詩、小說的詩、童話的詩……也許還有新聞的詩、公文的詩、協議的詩……毫無疑問，名頭並不重要，重要的是發現詩插足於大地的能力、測探詩舒展於天空的魅力。

　　詩不是路邊修理整齊的花圃，也不是刻意於差異的園藝博覽會。所以值得最高讚美的詩（複數的），可以拋開先在的分析式思維，拋開潛在的結構預設，可以如是如是地展開。詩對應的最理想的生態系統大概是叢林，你不知道它下一步會往哪兒長、怎麼長，但就是耐看。詩不為誰，詩「自私自利」，但詩因生長而生產。詩是瘋狂生長的喬木、藤蔓、灌木、野草……我們可以懷著期待去找到紅毛猩猩、倭犀牛、狐猴、天堂鳥、十七年蟬、螢光蕈、黏菌……當然，也一定會有眼鏡蛇、巨人蜈蚣和馬蜂窩。套用一句譯詩，「綠啊我多麼希望你綠」，詩啊我多麼希望你詩。

2020年1月15-17日草就

曾刊於《青年文學》2021年8月，有刪節

2023年4月10日再精簡

語言文學類　PG2899　陸詩叢08

野先驅：
曹僧詩選2017－2021

作　　　者／曹　僧
主　　　編／楊小濱、茱　萸
責任編輯／石書豪、陳彥儒
圖文排版／陳彥妏
封面設計／李　揚
封面完稿／吳咏潔

發 行 人／宋政坤
法律顧問／毛國樑　律師
出版發行／秀威資訊科技股份有限公司
　　　　　114台北市內湖區瑞光路76巷65號1樓
　　　　　電話：+886-2-2796-3638　傳真：+886-2-2796-1377
　　　　　http://www.showwe.com.tw
劃撥帳號／19563868　戶名：秀威資訊科技股份有限公司
　　　　　讀者服務信箱：service@showwe.com.tw
展售門市／國家書店（松江門市）
　　　　　104台北市中山區松江路209號1樓
　　　　　電話：+886-2-2518-0207　傳真：+886-2-2518-0778
網路訂購／秀威網路書店：https://store.showwe.tw
　　　　　國家網路書店：https://www.govbooks.com.tw

2023年7月　BOD一版
定價：260元
版權所有　翻印必究
本書如有缺頁、破損或裝訂錯誤，請寄回更換

Copyright©2023 by Showwe Information Co., Ltd.
Printed in Taiwan
All Rights Reserved

讀者回函卡

國家圖書館出版品預行編目

野先驅：曹僧詩選2017-2021 / 曹僧作. -- 一版.
-- 臺北市：秀威資訊科技股份有限公司，
2023.07
面； 公分. -- (語言文學類；PG2899)(陸
詩叢；8)
BOD版
ISBN 978-626-7187-75-3(平裝)

851.487   112004080